惡毒女兒

Poison Daughter,

聖潔母親

Holy Mother

湊佳苗——著
王蘊潔——譯

〔推薦序〕

以「愛」爲名的吃人世界

作家 郝譽翔

今年暑假我到哈佛大學進行一個月的短期研究，閒來無事逛學校的書店，最想巡視的，當然就是翻成英文在美國出版的亞洲小說到底有哪些？一走近亞洲書區，赫然看到被擺放在最顯眼的平臺並且大量陳列的，正是湊佳苗的作品。

湊佳苗的小說本以驚悚取勝，通俗意味較濃，但最近幾年來她的寫作成績卻是越來越不俗，不容小覷，在哈佛學術意味如此濃厚的書店中竟也占了一席之地。湊佳苗的小說當然是好看的，這點絕對不用懷疑，不過，除了是一個說故事的高手外，湊佳苗卻已展露出一個成熟作家更上層樓的思考和企圖心，而如今這本《惡毒女兒．聖潔母親》就是一個例子。

《惡毒女兒．聖潔母親》中的六篇小說大抵都是環繞著恨與命案展開——〈我最親愛的〉中襲擊孕婦事件、〈最好的朋友〉中劇作家想殺人的衝動、〈罪孽深重的女人〉中電器行前的隨機殺人、〈善良老實人〉中老實人的自白、〈惡毒女兒〉和〈聖潔母親〉中母女的仇視……藉由死亡來抽絲剝繭，正是湊佳苗一貫擅長的敘事手法，由此來揭露隱藏在人性底層的陰暗。

但這些故事之所以耐人咀嚼，除了推理過程的懸疑和神秘感，以及結尾真相（？）大白時所帶來的閱讀快感，還更在於湊佳苗總是非常巧妙地把當前熱門的社會議題，譬如：單身未婚的宅女、子女教養、單親家庭、同儕之間的霸凌，以及在這個電子媒體和網路當道的年代，隱私與公眾之間的界線早已經被抹去，而謊言和真理也彼此混淆不清，這些正環繞在你我生活周遭的種種，全都不著痕跡地放入了故事裡。

湊佳苗甚至讓這些充滿了爭議性的課題，成為推動敘事的靈魂，引導著讀者不斷地去思辨，到底什麼是真？什麼是假？什麼是善？什麼是惡？而什麼是愛？什麼又是勒索和暴力？對於身處在現代社會之中的我們，幾乎無時無刻不在問自己類似的問題，而且充滿了困惑、懷疑，一如這本小說中的男男女女。

而身為女人的湊佳苗，最擅長描寫的當然也是女性，尤其是中年女子，或許因為她也恰好來到了這樣的年紀。在《惡毒女兒．聖潔母親》中她成功地挖掘了現代家庭之中的母女關係，而母親名之以「愛」的教養，往往成了孩子痛苦的根源，心靈上的桎梏和枷鎖，而他們無計可施，最後不得不用使用極端的暴力去反抗和掙脫。

母女情結和親子教養，本來就是當前熱門的社會議題，而湊佳苗又把它擴而大之，更深入地視為這是日本戰後社會「世代」之間矛盾對立的結果。在〈聖潔母親〉中她有感而發地寫道：上一代的母親是成長在戰後保守的年代裡，「無法自由玩樂、沒有零用錢、不讓自己讀大學、無法從事自己喜歡的職業、無法和自己喜歡的人結婚。」而這樣的情況總是被人們簡單地歸納於「時代背景的關係」，也因此當事人的感受從來不受人重視，也找不到宣洩的出口。而這種自我壓抑的情緒，被轉嫁到了下一世代，導致「母／女」或「母／子」之間無法同情與理解，而產生了巨大的斷裂與衝突。

湊佳苗以為日本現在正存在著這樣的「世代障礙」，這恐怕才是社會上一連串殺人事件之所以發生的真正原因。而反觀臺灣社會不也是如此嗎？

在《惡毒女兒．聖潔母親》中，湊佳苗還殘忍地戳破了許多「感人故事的真相」，其實背後隱藏的都是「嫉妒、背叛和不信任」。而且奇怪的是，這種「由白轉黑」的故事非常受到大眾的歡迎，好像非得要如此不可，否則無法滿足現代人嗜血的心。而這是否也反映出來在儒家傳統籠罩下的亞洲社會，人一切的行為都是以「愛」

為名，冠冕堂皇，然而揭開了這一層「感人」的面紗後，底下湧動著的，竟都是些不堪入目的貪婪、競爭和慾望。愛的真相，其實是一樁樁殘酷又暴力的情感勒索……

所以表面上溫柔又有教養的母親，根本是個「虎媽」，而青梅竹馬一起長大的姊妹淘，從小就在暗中較勁，從家庭、學業、愛情到婚姻，恨就像惡靈，附著在每個人的身上。在《惡毒女兒‧聖潔母親》中誰是兇手並不重要，因為這是一個人人都是加害者，也同時是受害者的世界。湊佳苗展現出一幅日本二十一世紀社會（也在臺灣隨處可見）的活生生的吃人文化。

目錄

我最親愛的

你們要打聽有紗的事嗎？好，我知道了。

有紗是我妹妹，她比我小六歲。如果要問我們姊妹的感情好不好，我不太知道要怎麼回答。如果我們的年齡更接近，也許會一起玩，或是會打打鬧鬧，但相差六歲的我們，從來不曾同校。我母親是家庭主婦，向來不會要求我做陪妹妹玩，或是照顧妹妹這種麻煩事，所以，在談論我和妹妹的感情好壞這個問題之前，我必須說，雖然我們同住在一個屋簷下，卻沒有任何密切接觸的記憶。

但是，妹妹是我羨慕的對象。

一方面是因為分別是長女和么女的關係，母親對待我和妹妹的態度迥然不同。我覺得更大的原因是母親在二十多歲生的孩子，和三十多歲時才生的孩子的差別。我從懂事的時候開始，母親就會嚴厲管教我，但從小到大，從來沒有看過她對妹妹發脾氣。

但是，我努力不把這些不滿放在心上。

「我在小一的時候打破飯碗，妳很生氣地罵我，都已經讀小學了，還打破碗，把我趕出了家門。有紗也打破碗的時候，妳只問她有沒有受傷，甚至沒有罵她。」

每次我遇到不合理的事，都會明確說出口。

「媽媽已經三十七歲了，體力大不如前，連發脾氣的力氣也沒有了。」

母親深深嘆著氣說道。

「但妳現在還是會罵我啊。」

「這取決於事情的重大性。即使打破飯碗，只要下次小心就好了，但妳的課業和交友問題，不是關係到未來嗎？所以，即使媽媽很辛苦，也只能狠下心來罵妳。」

因為我讀的是鄉下的公立中學，所以不能因為名列前茅就高枕無憂。母親要求我在班上的成績隨時都要保持第一名，絕對不可以和慫恿我蹺補習班課的同學交朋友。

當時，我接受了母親的解釋，只是不知道六年之後，母親有沒有用同樣的標準要求有紗。因為那時候我離家去讀大學了。

我讀的是東京的T女子大學，並不是一所多厲害的大學。以我的成績，完全可以進T大，但母親說，只准許我讀女子大學，所以我只能妥協。

畢業之後，我進了一家化妝品公司──「白薔薇堂」。雖然那是業界最大的公司，但已經和我沒有關係了，因為我在那家公司只做了一年半，很久之前就辭職了。

原因是……

這和有紗沒有關係。什麼？那就不用說嗎？那你們不是一開始就應該指定希望我談論什麼時候、哪個階段的有紗嗎？

我所知道的有紗，就是和我在一起時的情況，不要因為談到我個人的事，就單方面打斷我，說什麼不是想瞭解這些情況。這樣我很困擾，而且你們不認為這樣對我很失禮嗎？

從有紗回家之後開始說起？是啊，你們在調查有紗的事件，一開始就應該這麼問嘛。

有紗在兩個星期前，從東京回到娘家這裡。

在她回來的三天前，鄰町才發生了一起孕婦遭毆事件，太可怕了，竟然有人在夜晚的馬路上用棍棒痛毆孕婦。雖然嬰兒不幸夭折，但孕婦撿回一命，所以至少比有紗幸運。

因為歹徒還沒有抓到，而且行兇動機也不明確，所以新聞報導說，很可能是隨機犯案。有紗也曾經為這件事煩惱，一度打算放棄回來娘家，但因為已經預約了醫院，而且希望產後也可以在娘家好好休息，最後還是按照原計畫回娘家待產。

我父母也覺得歹徒應該不是針對孕婦，而是被害人剛好是孕婦而已，所以並沒有阻止有紗回來，但為此提高了警覺。他們應該很想在長孫降臨人世時能夠在場。

有紗原本說，要自己搭公車回到家裡附近，但因為那輛公車經過鄰町，所以最後由我開車去新幹線的車站接她。

看到有紗走出驗票口時，我嚇了一大跳。因為離預產期還有一個月，所以我知道她的肚子應該已經不小了，但沒想到肚子竟然變得那麼尖。她肚子裡到底塞了幾個人？我腦海中浮現出好幾個胎兒以奇怪的姿勢在她的肚子裡疊在一起的樣子，差一點吐出來。

我妹妹肚子裡只有一個孩子，而且聽說是女生。

我認為自己比普通人的想像力稍微強烈一點，但和「想像力豐富」有一點差別。因為我從來不會想像開朗的東西和漂亮的東西，即使是很平常的東西，一旦進入大腦深處，就會在腦海中變成黑暗、痛苦、令人作嘔、讓人忍不住想要大叫的影像。

雖然我努力避免讓周圍的人察覺這件事，但如果浮現影像的衝擊太強烈，我就會忍不住叫出聲音，或是表情發生變化，以前別人就經常因此覺得我很可怕。雖然我很想解釋，但如果向大家說明我腦海中的影像，別人應該會更害怕，所以我已經接受了別人因為誤會而和我保持距離的狀態。

如果說我不曾為此感到痛苦，就變成在說謊，但我已經習慣了。

「妳是不是覺得很噁心？」

這是有紗看到我後說的第一句話，雖然我在有紗面前，也從來沒有提過腦海中影像的事，但她可能隱約察覺到了。在這些方面，我會覺得我們果然是姊妹。我原本想要否認，但有紗的臉上完全沒有任何不悅，所以我既沒有否認，也沒有道歉，假裝沒有聽到，接過她手上的行李。有紗看到我對她的肚子感到害怕，可能反而覺得很好玩吧。

不知道是否因為我開的是小型車的關係，有紗沒有坐在後車座，而是坐在副駕駛座上，結果安全帶拉到底，也無法繫上。聽妹妹說，我才知道孕婦不繫安全帶，也不算違反交通規則，但孕婦不是更需要繫安全帶嗎？

從車站回家，中途要經過高速公路。在四十分鐘的車程上，每次踩煞車，我都很擔心妹妹身體向前衝，結果把肚子擠破了，而且腦海中浮現了奇怪的影像。雖然是冬天，但回到家時，我腋下和後背都因為冷汗全溼了。至於是怎樣的影像……

不用說？可不可以請你們不要中途打斷別人說話？你們似乎只是單方面判斷和事件有沒有關係，但到底是以什麼為基準進行判斷？

搞不好是因為你們在取捨選擇上判斷錯誤，漏失了重要的資訊，才會遲遲逮不到兇手。

如果你們在第一起事件發生時更徹底地探聽消息，也許就可以預防有紗出事了。

我的心情很平靜。那我就繼續說有紗回娘家之後的事，沒問題吧？

首先來談談我家平時的狀況。我在辭去化妝品公司的工作後，曾經在東京做了一段時間的派遣員工，但後來聽父母的話回來這裡，在母親朋友的介紹下，找到了一份工作，在眼科診所負責掛號。有紗在讀大學的同時就離家了，之後就工作、結婚，所以十二年來，都是父母和我三個人一起生活。

父親和我之前還有工作時，一家三口的生活算是很有規律。每天早晨六點半，一家三口一起吃早餐，晚餐也盡可能在晚上七點一起吃飯。吃完飯，就會一起看電視、聊天，雖然並沒有特別快樂的事，但也不會吵架，日子過得很平靜。

有紗在東京的服飾店工作，每年中元節和新年前後都會回家，有時候不是什麼特別的節日，也會突然跑回家裡，說是旅行結束，順便回家來看看，而且有好幾次都帶男生回家。

她第一次帶男生回家時，全家簡直陷入大亂。既然是帶男朋友回家，當然代表雙方是以結婚為前提交往。我和父母都抱著這樣的心態著手做準備工作。當天，父親甚至穿上西裝，準備迎接未來的女婿，沒想到他們連結婚的「結」字都沒提，在家裡開心玩了幾天之後就回東京了。

我強烈要求母親打電話向有紗問清楚，他們到底是抱著什麼心態在交往。

「有紗已經不是小孩子了，她應該會自己想。」

母親展現了不會採取任何行動的態度。

第一次可能只是雙方見面而已，所以我也沒有問有紗。半年後，她又要帶男朋友回家，我的父母以為這次應該要正式提親了，還向附近的外賣餐廳訂了喜慶的菜色，沒想到竟然換了一個人。那個男朋友看到桌上代表喜慶的鯛魚，也沒有提到結婚的事。

我對母親說，至少要向妹妹確認一下，或是該好好管教她，但母親仍然對我搖頭。

「現在時代不同了，以前把男朋友介紹給父母，就代表要結婚，但對有紗來說，只是帶朋友回家作客而已。她從讀中學的時候開始，就經常帶朋友回家。」

「他們怎麼可能是普通朋友？因為……」

我並沒有繼續說下去，是因為我不想說出下流的字眼。就是性……性行為。我們姊妹有各自的房間，妹妹結婚之前，家裡仍然有她的房間，但其實只是將原本六坪大的西式房間用頂到天花板的書櫃隔開而已，完全可以聽到彼此房間的聲音。

妹妹明知道這件事，但無論帶第一個男朋友，還是第二個男朋友回家時都做了那種事，而且也完全不控制自己的聲音，搞不好連睡在樓下房間的父母也都聽到了。沒想到父母竟然容忍妹妹和她男朋友不提結婚的事，就拍拍屁股走人了。

我剛回老家時，只要有男生打電話來家裡，父母在向我確認之前，就會直接問對方做什麼工作？和我女兒是什麼關係？

而且，他們嚴格叮嚀我，在結婚之前，絕對不允許有不檢點的行為。

我母親尤其無法原諒未婚生子，一旦發生這種事，她不僅會和我斷絕母女關係，甚至可能會殺了我。只要電視上的談話性節目討論藝人「先有後婚」的話題，她就氣勢洶洶地罵人家，竟然好意思公開這種事。

我立刻知道，母親並不是在責備藝人，而是在為我打預防針，每次在報紙廣告上的週刊雜誌標題中看到「先有後婚」，我就開始緊張。我腦海中浮現母親的臉變成鬼面般若，向我撲過來，嚴重時甚至會頭痛。

這種時候，我會一天都無法工作，結果同事都在背後說我是「廢物」。

但是，有紗竟然就是「先有後婚」。

今年春天，她又帶了男朋友回家，這次很難得提前一個星期打電話回來說，想要帶男朋友回家看父母，但在遭到背叛的次數超過兩隻手之後，父母和我以為和之前一樣，所以完全沒有緊張，也沒有做任何特別的準備。

在他們中午過後踏進家門時，兩年前滿六十五歲退休的父親，還穿著代替睡衣的運動衣，晚餐也是重量不重質的烤肉。晚餐時，妹妹一口也沒吃，臉色發白，好幾次都衝去盥洗室，然後帶著憤恨的眼神看著烤肉盤，說早知道應該提前說這件事，最後在全家人面前坦承她懷孕了。

我不知道是自己先倒吸一口氣，還是腦海中先浮現鬼面般若的臉。我害怕不已，不敢看母親的臉，父親張大嘴巴，好像下巴脫臼了，但父親並不是會翻桌痛打對方的人，相反地，我以為母親會這麼做，沒想到——

「啊喲，是這樣啊……那要在孩子出生之前先結婚啊。」

母親說話的語氣雖然有點慌亂，但完全沒有生氣。相反地，那個男人抓著頭，嘿嘿笑著，沒有好好向我的父母打招呼，只說了一聲：「好啊。」母親卻紅著臉對他說：「小女不才，以後請多關照。啊喲，這是家長說的話嗎？還是女生被求婚時說的話？」

然後，母親還說要慶祝一下，不顧晚餐才吃到一半，就叫我去附近的酒舖買香檳。

「妳怎麼不買無酒精的香檳？」

我已經喝了啤酒，拎著很重的香檳走路回家，有紗竟然還對我抱怨，然後母親說，也可以買葡萄口味的汽水，我只好再度出門去酒舖。因為連續跑了兩次，頭開始痛了起來。雖然是我去買回來的，但沒有和大家乾杯，我就回房間倒在床上。

鬼面般若在我腦海中笑了起來。我搞不懂鬼面般若為什麼會笑，但如果不釐清狀況，頭痛會越來越嚴重，所以我躺在床上不停地深呼吸，慢慢思考眼前發生的不合理狀況。

一定和打破飯碗的情況相同。母親體力好的時候會發脾氣，但體力衰退時，只有遇到會對將來產生不良影響的事才會動怒。有紗先有後婚，就代表在結婚的同時，也會有小孩子，母親也可以抱孫子，沒有任何不好的預感，所以母親才沒有生氣嗎？所以才為他們慶祝嗎？

當我釐清之後，就能夠和他們一起在飯後聊天。我和妹婿正宗用啤酒乾了杯，正宗攤著雙手對我說，他在一家以石窯烤披薩出名的義大利餐廳當廚師。

「他這麼瘦，沒想到手這麼大，但他的手很漂亮，因為平時都在揉麵糰。淑子，妳也摸摸看？」

在母親的要求下，我用食指在正宗的手心摸了三公分左右。雖然當時只覺得他的手比看起來更光滑，但沒想到那天晚上，當我躺在床上時，右手的食指尖開始發燙、陣陣抽痛。

到底是怎麼回事？我正在思考這件事，腦海中浮現指尖變成了綠色，然後開始腐爛溶化，而且漸漸從手掌擴展到手臂，在上臂處斷落的影像，我忍不住發出了慘叫聲。

但是，沒有人來關心我。也許是因為我經常在睡覺時，不自覺地發出慘叫聲。我調整了心情，閉上了眼睛，重新長出來的手再度從右手的食指開始腐爛。

必須找出原因。要鎮定，要鎮定。我這麼告訴自己，思考手指為什麼會腐爛。是因為我對正宗的厭惡超乎了想像，還是相反的感情造成的？我認為兩者皆非。

我找不到答案，當手臂第五次斷落時，我聽到了鬼面般若的笑聲。鬼面般若齜牙咧嘴地笑著說，來摸摸男人。

不要，不要，不是妳幹的嗎？不是妳之前對我下了詛咒，說什麼被男人觸碰是骯髒的行為嗎？現在又用當初下詛咒的聲音慫恿我，讓我的手腐爛嗎？

……對不起，這件事和我妹妹完全沒有關係。這種時候，你們怎麼不打斷我呢？真傷腦筋。還是我剛才說的話中，有什麼有助於破案的線索嗎？

先不管這些，你們剛才問的是什麼問題？

啊，對了對了，是有紗回來之後的情況。

目前，我們全家沒有人外出工作，母親仍然每天早晨六點起床做早餐。父親通常在八點多才會吃早餐，但母親並不管這些，她應該不想改變自己的生活節奏。她獨自在六點半吃早餐，在八點之前，已經洗好衣服，清掃完院子了。

父親過著和之前在銀行工作時完全相反的生活。他悠閒地吃早餐，看報紙，看電視。剛退休時，他經常一整天都這樣，但之後可能覺得太無聊了，所以這幾個月開始迷盆栽。

父親還說，我家每天都在放暑假。

我當然沒有資格對這樣的父親說三道四，因為我已經有兩年多沒工作了，而且因為低血壓的關係，覺得沒必要為了吃早餐勉強早起，所以通常都睡到中午才起床。

但是，從半年前開始，我每天早晨七點就起床了。

有紗回家的隔天早晨，我走去廚房時，聽到了笑聲。我甚至想不起家裡已經有多少年，沒有一大早就這麼熱鬧了。打開門一看，母親、有紗和父親都坐在餐桌旁。

餐桌上放著冒著熱氣的白飯和味噌湯，還有烤鹹鮭魚和煎蛋。原來剛出爐的煎蛋這麼香，偶爾吃早餐似乎也不錯。

我帶著平靜的心情迎接早晨的到來。

「姊姊，早安，我們先吃早餐了。」

有紗坐在她以前的固定座位上，放下飯碗，想要把為了容納她鼓起的肚子，幾乎靠到後方碗櫃的椅子向前挪。沒想到，坐在妹妹對面的母親沒有看我一眼就回答說：

「有紗，沒關係，姊姊不吃早餐。」

短短的一夜之間，家裡就變成了以妹妹為中心的世界。即使這樣也無妨，至少讓我也加入這個世界，但他們把我排斥在外。如果是以前，我腦海中會立刻浮現痛苦的影像，但現在遇到這種程度的事，已經可以克服了。

因為我現在有了為我壯膽的夥伴。

「史嘉蕾在庭院裡。」

我在向餐桌下張望時，父親看著報紙對我說。

「為什麼？誰把牠放出去的。」

「我去拿報紙時，牠自己跑出去的。有什麼關係嘛，牠在庭院裡高興地跳來跳去。」

「不行，附近有很多壞蛋。」

我懶得繼續理父親，打開後門，發現史嘉蕾一臉若無其事地坐在那裡看著我。不知道是否看到我後感到安了心，牠的喉嚨發出了咕嚕嚕的聲音，邁著悠然的步伐走了進來，走向冰箱旁鋪的那塊墊子。那是牠吃飯的地方。

「我馬上幫你準備。」

我從冰箱旁的架子上拿出貓食袋子，倒在史嘉蕾的盤子裡。不知道是否因為在戶外活動的關係，牠用比平時更快的速度，嘎哩嘎哩、喀哩喀哩地大聲吃了起來。

「對了，我聽媽媽說，妳開始養貓了。」

有紗看著史嘉蕾對我說道。

「雖然牠是被人挑剩的小可憐，但也不能因為這樣，就幫牠取屎架這種名字啊。」

她說話時發出調侃的笑聲。

「牠叫史嘉蕾。」

我清楚地說著每一個字，讓她仔細聽清楚。雖然是寵物，但誰會取屎架這種名字？有紗明明知道不是這麼一回事，卻可以脫口說出揶揄的話。她就是這種人。

而且，即使在我更正之後，她也完全不感到尷尬，反而找我的麻煩。

「原來是這樣，很像是妳會取的名字。但是，下次可不可以去其他地方餵牠，動物的毛應該對胎兒有負面影響。」

「妳……」

妳憑什麼對我發號施令？這裡是我的家，妳已經嫁出去了。我原本想這麼反駁她，沒想到母親一句話打斷了我。

「對啊，貓毛在我們吃飯的地方飛來飛去很不衛生。有紗，對不起，沒有在妳回來之前就注意到這個問題。淑子，妳看以後是要讓牠在外面吃，或是去妳的房間吃？」

我當然不可能讓史嘉蕾在外面吃飯，那些野貓會被貓食的味道吸引過來。史嘉蕾個性很溫和，一定會被野貓攻擊。我當場把史嘉蕾抱了起來，把牠帶回二樓自己的房間。

把史嘉蕾帶回房間後，我再度下樓回到廚房，把史嘉蕾吃飯的用具全都搬回了自己房間。我之前都認定要在廚房吃飯，所以也理所當然地讓史嘉蕾在那裡吃飯，早知道一開始就讓牠在我房間內吃飯。

這樣的話，和我同睡的史嘉蕾就不會一大早就起床，擅自打開房門，下樓去廚房，我也不必揉著惺忪的眼睛去找牠了。話說回來，在牠吃完早餐後，要讓牠在庭院裡玩一下，所以結果還是一樣。

但是，為了史嘉蕾早起，我絲毫不以為苦。

因為腦袋裡的奇怪影像和頭痛的關係，我無論做任何工作都無法持續超過一年，但在三、四年前，每次都可以很快找到下一份工作。不知道是否因為不景氣的關係，這三、四年完全找不到適合我的工作。

父母並沒有硬逼我趕快去找工作，我在幫忙家事的同時，每天過得很悠閒，但我仍然覺得接觸外面的世界很重要，所以由我負責晚餐食材的採買，幾乎每隔一天，就會去國道旁的大超市「旭日」買菜。

明亮的照明、走在季節前的漂亮櫥窗布置和輕快的音樂。每次走進超市，心情就不由得振奮，在家時累積的鬱悶心情也一掃而光。

因為我幾乎足不出戶，所以根本不在意自己的穿著打扮，但去「旭日超市」

時，會情不自禁地將目光停留在新推出的口紅上，也會伸手拿起可愛的首飾，讓我意識到自己是女人。

但是，從某一個時間開始，從我的腦海中不斷浮現右手的食指變成綠色，開始腐爛的影像之後，即使去了「旭日超市」，即使在超市內逛了很久，心情也無法好起來。

即使在「旭日超市」時，那些影像也會出現在腦海中，於是根本無心買菜，只能把裝了商品的推車推到收銀臺旁，衝進盥洗室拚命洗手，直到影像漸漸淡化。

當我終於喘了一口氣，走出盥洗室時，看到了布告欄。除了特賣的廣告單以外，還有幾張手寫的廣告單。

募集合唱團團員、圖書館圖書節的通知、募集跳蚤市場的參加者。在這些廣告單中，有一張徵求小貓飼主的宣傳單。

宣傳單上附上了四隻小貓的照片，小貓太可愛了，我忍不住停下腳步看得出了神。我沒有飼養寵物的經驗，但以前就很喜歡動物，然後想起了讀小學之前發生的一件事。

住在附近的小朋友家裡養的貓生了小貓。當我伸手去摸剛睜開眼的小貓時，貓毛摸起來好蓬鬆、好柔軟。雖然看起來像是一團潔白的雪，但放在腿上時很溫暖，我的腦海中浮現出自己全身被白色柔軟的毛覆蓋的影像，內心感到很充實。

我很想養那隻貓，朋友也說希望我帶回家飼養。我去朋友家玩之前，曾經和母親談起小貓的事，母親一臉懷念地告訴我，她小時候也養過一隻三色貓小咪，所以我猜想母親一定不會反對，於是興高采烈地跑回家，問母親是否可以飼養小貓。

母親拒絕了我的要求。那也是無可奈何的事。

「妹妹很快就要出生了，萬一被貓抓傷不是很傷腦筋嗎？」

我想起當時我很期待妹妹趕快出生，也想起那天之後，每次看到母親隆起的肚子，內心就很激動。

既然貓是唯一幸福的影像，我打算飼養貓。目前家裡沒有任何需要顧慮的因素，父母也都很贊成。

既然要養，就去寵物店買一隻貓。在母親的提議下，我用電腦上網查了一下，但沒有看到合眼緣的貓，布告欄宣傳單上的小貓身影始終在腦海中揮之不去。

那四隻小貓分別是深茶色虎斑貓、淡茶色虎斑貓、白底茶色斑點貓和白色，三隻茶色的貓都是圓臉、大耳朵、圓眼睛和粉紅色的鼻子，長相很可愛，只有那隻白貓的眼睛好像沒睡醒，而且鼻子有一半是黑色，遠遠望去，會以為沾到了鼻屎。

而且，只有白貓是母貓，但是，當四隻貓出現在我腦海時，只有白貓向我撒嬌。牠坐在我的腿上，看著我，喉嚨發出咕嚕咕嚕的聲音，睡得很香甜。

某一天，發生了一件決定性的事。當我看「旭日超市」的布告欄時，發現除了白貓以外，另外三隻貓的臉上貼上了「已找到飼主」的貼紙，唯一沒有被貼上貼紙的白色小貓好像目不轉睛地看著我，我當場拿出手機，撥打了宣傳單上的電話號碼。

雖然看照片時，只注意到白色小貓的缺點，但見到牠時，目光忍不住被牠一身潔白的毛吸引，然後發現牠惺忪的雙眼好像帶著憂鬱，半黑的鼻子也好像是一顆迷人的黑痣，整體看起來很高貴。

牠就是史嘉蕾。

對不起，我竟然不知不覺聊起了貓的事。

有紗對史嘉蕾的態度嗎？雖然她說不要讓史嘉蕾在廚房吃飯，但之後並沒有特別說什麼。

即使史嘉蕾縮在她伸手可及的地方，她也無視史嘉蕾的存在，自顧自地看電視或漫畫。但有時候會來到我房間，抱起史嘉蕾，帶牠去客廳。

我之前曾經聽說孕婦容易情緒不穩定，我猜想妹妹心情沮喪時，可能也從史嘉蕾身上得到了安慰。

尤其在有紗回來的一個星期後，鄰町再度發生了孕婦遭毆事件。被害人被打得意識不清，胎兒也沒保住。連續發生了兩起事件，大家都認為歹徒是針對孕婦下手，媒體也大肆報導，妹妹不再出門散步，整天都窩在家裡，所以壓力應該很大。

但是，為什麼偏偏是那一天，而且在晚上外出呢？

三天前，妹妹去婦產科做產檢。我開車送她去醫院，但並沒有陪她進去診間，所以不知道醫生對她說了什麼。

「醫生說，胎位幾乎沒有下降，叫我要多走路。」

回家的路上，妹妹在車上對我這麼說。在此之前，只要她突然想吃什麼，就會叫我去買，所以我猜想那天晚上，她可能決定自己出門去買。

她可能覺得連續傷人事件是在鄰町發生的，雖然是晚上，但去離家十分鐘路程的便利商店應該沒有問題。即使這樣，她也不應該走那條捷徑。

妹妹可能覺得鎖定孕婦的歹徒不可能躲在待售的建地，所以決定走那條路。

那一天，父母去參加親戚的葬禮，一大早就出門了。原本打算在那裡住一晚，但我通知他們我接到了警察的聯絡，他們搭了新幹線的末班車，連夜趕了回來。

妹妹被人發現時已經斷了氣，所以即使他們隔天回來也一樣。

那天晚上，我並不知道妹妹外出。如果我知道，一定會問她去哪裡，如果她想去買什麼，我會代替她去買；如果只是想去散步，我也會陪她去。如果她出門前向我打聲招呼……

就不會發生那種悲劇了。

我泡完澡之後，才納悶地發現家裡沒有有紗的動靜。因為妹妹的浴巾摺好放在浴室外脫衣服的地方，我走去客廳和客房找她，想要告訴她，我已經洗過澡了，卻不見她的人影。

沒錯，家裡已經沒有有紗的房間了。

有紗結婚後，我移動了書櫃的位置，全都變成了我的房間。事先當然徵求了妹妹的同意，所以，當她回來待產時，家裡為她準備了客房。雖然原本曾經打算把我的房間整理出一半的空間讓她睡，但母親說她肚子這麼大，看不到自己的腳，為了預防她從樓梯滾落，還是睡一樓比較理想。

妹妹產後也會需要躺在床上休息一陣子，住在一樓時，為她送三餐也比較方便。所以，那天晚上，我在二樓自己的房間，以為妹妹不是在一樓客廳看電視，就是躺在客房睡覺。

我也去廚房和廁所找她，還擔心她是不是因為陣痛倒在地上，所以去桌子下張望。我不停地叫著「有紗、有紗」，想到她可能會在庭院或車庫，可能想到有什麼東西忘在車子上，所以就走去了玄關。這時，電話鈴聲響了。是這裡的警察分局打來的，告訴我有紗的事。

你們是縣警察局的刑警，對不對？

目前還沒有找到我妹妹的手機吧？皮包裡的皮夾好像也不見了，但因為母子手冊還在，所以警察才能夠立刻通知我。

我看家裡電話的來電顯示，發現在我接起電話之前，分局就曾經打電話來過。那時候我在泡澡。

更早之前嗎？我不是說了嗎？我在二樓自己的房間。在房間裡做什麼？

我在為史嘉蕾消滅跳蚤。

＊

我在消滅跳蚤——

史嘉蕾在兩個月大時來到我家，不知道是否想念母親，所以喜歡坐在我的腿上。牠把身體縮成一團，把頭埋進我的大腿之間，當我撫摸牠的脖子，牠的喉嚨就會發出咕嚕咕嚕的聲音，用臉磨蹭我的手，不一會兒就睡著了。

我很喜歡用自己的手當成梳子，伸進牠白色柔軟的毛，撫摸牠溫暖的身體。指尖溫暖的感覺太舒服了，在我摸史嘉蕾時，腦海中不會浮現手指腐爛的影像。

史嘉蕾是我的守護神。

但是，有一天，當我像往常一樣撫摸史嘉蕾的身體時，右手食指摸到了奇怪的東西。難道沾到垃圾了？或是身上長了疣之類的東西？我緩緩鬆開放在史嘉蕾身上的手指，發現一個三毫米左右的深褐色東西動了一下，鑽進了毛裡。

是跳蚤。我記得曾經在幼兒園同學家裡看過跳蚤。同學的姊姊讓貓仰躺在她的腿上，雙手摸著貓肚子，用指尖抓起黑色的跳蚤，然後用雙手大拇指的指甲夾住跳蚤，噗滋一聲把牠掐破。

「跳蚤會吸貓的血，而且會很癢，嚴重時還可能會生病，所以要幫貓把跳蚤抓乾淨。」

同學的姊姊說完，當著我的面在貓肚子上摸來摸去，一旦發現跳蚤，就立刻掐死，轉眼之間就掐爆了五隻跳蚤。同學的姊姊幾乎不看自己的手，就可以輕鬆抓到跳蚤，讓我覺得很厲害。我很怕和別人視線交會，但同學的姊姊在說話時，一直看著我的眼睛，而雙手不停地掐死跳蚤。

「習慣之後，只要憑手指的感覺就知道。」

同學的姊姊在說話時並沒有露出得意的樣子，所以即使手指摸到了跳蚤，我的腦海中也沒有浮現奇怪的影像，所以能夠不胡思亂想，將所有注意力都集中在手指上，每掐死一隻跳蚤，就感到爽快不已。

尤其在掐死一肚子卵的跳蚤時，可以聽到牠的肚子噗滋一聲爆掉的聲音，實在太痛快了。我也會掐爆散在大拇指指甲上只有一毫米長的每一顆卵，以免這些跳蚤卵孵化。噗滋、噗滋，聽起來好像包膜破裂般的聲音，讓我感受到裡面的確有跳蚤的卵。

但是，不能因為掐爆了跳蚤的肚子和卵就心滿意足，因為跳蚤拖著被掐爆的肚子，試圖從指尖逃走。跳蚤的生命力太讓人驚訝了，甚至讓我產生了感動，但還是抓住緩慢移動的跳蚤，對著牠的頭噗滋一聲，終結牠的生命。

我專心抓跳蚤，讓史嘉蕾一下子仰躺，一下子又把牠翻過來，把牠渾身的毛都摸得很亂，但史嘉蕾很順從，好像把一切都交給了我，我忍不住更加愛牠了。

史嘉蕾是我的女兒，不，我深信牠是我的分身。

冷靜地回顧對刑警說的話，我發現雖然聊了很多，卻幾乎沒有提到有紗的事。雖然我並沒有刻意避談她，但也許在無意識中封閉了不願回想的事，和不想告訴別人的事。

事到如今，我忍不住納悶，有紗為什麼要回來娘家？東京的婦產科醫院醫療水準應該更高，如果需要別人照顧，母親可以去有紗家照顧她。

雖然這裡還是有紗的家，但這個房間已經不屬於她了，她卻理所當然地闖進來，擅自翻書櫃上的書，而且是趁我陪史嘉蕾在庭院玩的時候進來。

如果一整天都把史嘉蕾關在房間，牠會覺得很無聊，而且這樣也無法沾到跳蚤，我會很無聊。所以，每次吃完飯，我就會讓史嘉蕾在庭院裡玩一個小時，但我從來不會讓史嘉蕾單獨在庭院玩。這一帶有很多野貓，經常會趁史嘉蕾在玩的時候竄出來嚇牠，有時候甚至把史嘉蕾逼到庭院的牆角。

晚上的時候，我在二樓的自己房間一邊抓跳蚤，一邊看電視時，有紗沒有敲門，就走了進來。

「我之前借了妳的書來看。」

有紗說完，把三本書放回了書櫃。

「《暈眩的預感》、《暴風雨的記憶》和《薔薇的傷痕》……我原本以為是推理小說，這種類型的叫什麼？是言情小說嗎？沒想到是這種小說，嚇了一大跳。不過，其實看封面就可以猜到，根本是從頭到尾都在上床，笑死人了。吵架、上床、和好。誤會、上床、結婚。失去記憶、上床、恢復記憶，大圓滿的結局時，又要上床。簡直讓人覺得這些人有病嗎？不過拿來打發時間還不錯啦。接下來要看哪一本？姊姊，妳推薦哪一本？」

我當然不可能心平氣和地回答她。如果她想看書，為什麼不先問我？

「妳可以看《灰姑娘的陷阱》。」

我撫摸著史嘉蕾，說出了放在同一個書櫃裡的小說名字。

「那是推理小說啊。」

有紗一臉無趣地回答。她原本就知道推理小說和言情小說的差別，只是覺得調侃我很開心。

「但即使是言情小說，至少情節的設定可以現實一點，我看的這幾本，女主角全都是處女，而且是三十五歲的能幹粉領族，這怎麼可能嘛？原本以為男人遇到沒有性經驗的女人也會感到掃興，沒想到那些男人竟然很感動，根本不可能嘛。」

「……史嘉蕾，不要動。」

史嘉蕾全身放鬆，乖乖地躺在我的腿上，但我還是假裝專心抓跳蚤。

「妳可以用去跳蚤劑啊，超市就有賣。」

「牠還是小貓，太危險了，網路上有人留言說，小貓用了去跳蚤劑之後死了。」

「牠已經不算是小貓了，算了，這不重要。」

妹妹繼續在書櫃上物色，她隨便拿幾本去看就好了，但偏偏喜歡把言情小說的書名都唸出來。

「我還是搞不懂這些言情小說的創作理念，既然是給女人看的情色小說，讀者不是會把自己投射在女主角身上嗎？明知道在現實生活中，絕對不可能遇到英俊瀟灑的富二代，但還是會覺得很棒。如果我老公對我說，我的吻會讓妳想起一切，我會懷疑他是不是吃錯藥了，但如果是富二代，搞不好真的會小鹿亂撞，但處女就未免太超過了。三十五歲還是處女，真不知道至今為止，過的是怎樣的生活，才會一直是處女。相反地，看了讓人很火大，覺得非處女不可嗎？妳不覺得很奇怪嗎？」

有紗說完，在我的對面坐了下來，一雙大眼睛看著我，我低頭看著手指，假裝專心抓跳蚤。

「還是我誤會了，其實這個世界上，有很多過了三十歲還是處女的人？因為如果沒有市場，作者就不會寫這種書。哇，原來這種人在看言情小說時，夢想著自己也能夠遇到富二代。太噁心了……姊姊，妳該不會也這樣吧？」

有紗露出捉弄的眼神看著我，她那雙帶有一抹茶色的眼睛就像是跳蚤的肚子，我的指尖忍不住發癢。史嘉蕾可能察覺到不平靜的氣氛，喵嗚地叫了一聲，我才能嘆了一口氣，吐出一句話。

「夠了沒有？」

「對不起，再怎麼樣也不可能啦，不過，這四、五年，妳都沒有被好好滋潤過吧？皮膚變得好乾喔。」

有紗笑著說完後，從書櫃裡隨便抽了兩本言情小說，走出了房間。這兩本言情小說中，有一本的女主角是四十歲的女人。在父母的嚴格管教下，從來不知道身為女人的喜悅，每天只是在職場和住家之間往返。在某個暴風雨的夜晚，遇到了一個不慎受傷倒在路旁、失去了記憶的男人，她的人生也發生了戲劇化的改變。那個男人是某個小國家的王子。

啊啊，我此生就是為了和你相遇——

這個令我心潮澎湃的故事，妹妹一定會嗤之以鼻。

四十歲還是處女，根本不可能，太噁心了……

和任何一個男人都維持不到一年，整天換男人，和任何一個男人都可以上床的女人，有什麼資格看不起我。每次帶回來的都是一些不入流的男人，憑什麼自以為了不起？

和妹妹相比，我絲毫不比她遜色。除了比她年長六歲以外，無論長相和身材都不比她差。雖然我稱不上是美女，但有人說喜歡我的長相，也有人邀我去看電影、一起去吃飯。

在我十幾歲時，還沒有手機的年代，男生打電話來家裡時，母親從來都不會叫我聽電話，但有人來找妹妹時，母親就會讓她聽電話。

母親得知我和同班的男生一起去社區圖書館時，用「丟人現眼」、「不要臉」這種否定人格的話罵了我一整晚；但妹妹和男生單獨去KTV時，母親還拿零用錢給她。

母親只准許我讀女子大學，妹妹卻可以理所當然地讀男女同校的大學。

我在大學四年期間，都住在女生宿舍，妹妹卻可以在外面租套房。

我每次回家，母親都再三叮嚀我，應該沒有和奇怪的男人交往，不會做出對不起父母的事吧？但無論妹妹帶再糟糕的男人回家，母親都沒有任何意見。

我因為持續遵守父母的叮嚀，不要說男人，甚至無法和別人正常交談。

即使這樣，仍然有人向我示好，母親卻說對方收入低、不懂規矩，千方百計加以阻撓。

那些人都很正派，有紗的丈夫根本無法和他們相提並論。

只因為是老大和老二，就有這麼大的差別嗎？

還是說，只是母親的反覆無常造成的結果？

但是，就連母親也看不起我。

那是在第二起孕婦遭毆事件發生後不久。

晚餐後，我想起去「旭日超市」時忘了買牛奶，所以在玄關穿鞋子，準備去便利商店買牛奶。

「等一下，我也想吃布丁，和妳一起去。」

妹妹從廚房走出來說道，母親立刻追了出來。

「不行，剛發生那麼可怕的事，不要去了。」

聽到母親這麼說，我準備脫下鞋子，母親對我露出納悶的表情。

「淑子，妳沒問題啊，妳又不是孕婦，記得順便幫有紗買她想吃的東西。」

雖然我不是孕婦，但也是一個女人走夜路，至少該叮嚀我「路上小心」吧。

「媽媽也可能會被當成孕婦，那只能我去了。」

我對微胖的母親說道，算是勉強的反擊，但是，我還是為全家人都買了布丁。母親不喜歡焦糖的味道，我為她買了加鮮奶油的布丁，但回到家進門時，聽到了這樣的對話。

「姊姊是不是有點問題？」

「有紗，妳也這麼覺得嗎？」

「感覺她精神很緊繃，只有對貓很疼愛，一整天都在抓跳蚤也未免太不正常了。」

「她只是想找事做，雖然她很聰明，但不夠機靈，無論做什麼工作都不長久。」

「那可以結婚啊，沒有人為她安排相親嗎？」

「有好幾個啊，但她沒有見面就拒絕了，她的要求太高了。」

「她是等待富二代出現，四十歲還在做夢的少女。」

「妳都已經結了婚，即將生孩子了……」

「姊姊會不會已經更年期了？最近不是經常聽說有年輕性更年期嗎？她可以吃一些營養補充劑。」

「不，她的毛病更嚴重，我猜想並不是現在才有問題，所以，即使她有點怪怪的，也不要和她計較。」

兩個鬼面般若笑著，圍著我打轉，速度越來越快，我漸漸看不清般若的樣子。綠色黏稠的液體從臉頰滴落，原本以為是般若溶化了，但後來發現是我自己腐爛溶化了。身體已經溶化消失了，只有腦袋還浮在綠色的沼澤中。

我捂著耳朵，衝進自己的房間。

我有病？因為我沒有結婚？因為我還是處女？——開什麼玩笑！

我癱坐在地上，史嘉蕾坐到了我的腿上。牠一臉擔心地抬頭看著我。我的腿好溫暖，在感受著史嘉蕾體溫的同時，溶化成綠色液體的身體漸漸恢復了原狀。

我的手指伸進了白色的貓毛，緩緩撥弄著，指尖感覺到了異物。

跳蚤。茶色的肚子鼓得圓圓的。

我用大拇指的指甲噗滋一聲把牠掐死了。白色的卵濺滿了指甲，我一個一個掐爆。

卵、卵。為什麼會有卵？因為就連這個跳蚤，也和公跳蚤交配。

我連跳蚤都不如嗎？不，不是這樣。我是不賤賣自己，堂堂正正、清清白白的人。

我掐爆了跳蚤的頭。

「我為你驅除害蟲。」

史嘉蕾的喉嚨發出咕嚕嚕的聲音，在我的腿上發出均勻的鼻息。

雖然書和布丁的事讓我很生氣，但之後和有紗之間的相處並沒有太大的問題。因為全家人中，我的開車技術最好，她要我送她去醫院，有很多事都要依賴我，所以知道自己沒有資格對我頤指氣使。

醫生要求她多散步之後，她會央求我陪她去散步，去便利商店時，我也會陪她去。當初也是我告訴她那條穿越建地的捷徑。

名字取好了嗎？住院需要的東西都準備好了嗎？最近天氣變冷了，是不是該準備一件可以穿在睡衣外的外套？我看到了很可愛的絨毛娃娃，小孩子在幾個月後，會喜歡這些玩具？我來查一下哪一個品牌的紙尿布比較好。

我們像其他姊妹一樣，開心地聊了很多事，感覺妹妹和我很親近，而且終於發現，當雙方都長大成人之後，六歲的年齡差距不再是問題，我也希望以後好好疼愛她的孩子。

沒想到——

父母因為要去參加住在遠方的親戚的葬禮，我和妹妹提早吃晚餐，吃完我做的咖哩後，兩個人一起在客廳看電視。在電視節目上接二連三地介紹便利超商在冬季新推出的甜點後，妹妹說她想吃。

我提議明天再去買，妹妹堅持說，馬上就想吃。

「今天傍晚妳忙著準備晚餐，所以也沒有去散步啊。」

既然她這麼說，我們就決定兩個人一起去買。

當我們穿越沒有路燈的那片建地時，在黑暗中看到了一個白色影子。

「史嘉蕾！」

史嘉蕾一臉爽快的表情，從堆積的建材旁走了過去。即使我叫了牠的名字，牠也沒有回頭，但一看到牠的項圈，我知道那絕對就是史嘉蕾。

「牠怎麼會在外面……」

「我放牠出來的啊，因為牠很想外出的樣子。」

「怎麼可能？」

「因為牠拚命抓玄關的門，如果指甲抓斷了，不是很可憐嗎？」

既然史嘉蕾那麼想出門，我也就不再責怪妹妹。

啊嗚、啊嗚。這時，我聽到了其他貓的叫聲，史嘉蕾和牠朋友相約見面嗎？但牠什麼時候交到了朋友。

「是幽會吧？」

妹妹一臉賊笑地說。「不可能。」我回答後，走向貓叫聲傳來的方向。我掀起正在建造的房子外圍起的厚塑膠布，月光照亮了裡面。

一隻虎斑公貓壓在史嘉蕾的白色身體上。

「史嘉蕾！」

我拿起了一旁的木棍。

「喂，姊姊，怎麼了？」

妹妹從我身後探頭張望。

「史嘉蕾快沒命了。」

「妳在說什麼啊？牠們在交配啊。」

「怎麼可能……」

「而且，史嘉蕾完全沒有排斥啊。」

「怎麼……」

史嘉蕾怎麼可能做這種事？我重新握緊木棍，但手指無法用力。啊嗚。史嘉蕾叫了一聲，那個聲音似乎從身體深處吐出了熾熱。我的食指變成了綠色，開始腐爛，也聽到了般若的笑聲。

「啊呀呀，竟然被史嘉蕾搶先了。」

我聽到般若的聲音，回頭一看，發現並不是般若，而是一隻巨大的跳蚤，肚子鼓得很大的跳蚤……

史嘉蕾，史嘉蕾，快帶給我力量。我慢慢回想牠白色柔軟的毛，和溫暖的身體，指尖終於又恢復了原狀。

我用力揮起木棍，打向跳蚤的肚子，一次又一次地打……

最後，打爆了跳蚤的頭。

無論別人問幾次，問我那天晚上的事，我的回答都一樣。

——我在消滅跳蚤。

最好的朋友

據說，全世界有七十億人口，但在考慮自身的幸福時，不需要數量這麼龐大的分母，我只希望一個人從這個世界消失——

大豆生田薰子。我是從這個名字開始知道世界上有這個人的存在。

三年前，五月六日晚上九點多，我接到了每朝電視臺電視劇製作部的製作人鄉賢的電話。

——請問是漣涼香小姐嗎？感謝妳這次參加第十二屆每朝電視劇本新人獎，今天打電話給妳，是為了通知妳，妳的作品《比月亮更遙遠的愛》進入了決選，請問妳的名字發音是不是「Sazanami-suzuka」？

這就是所謂的青天霹靂，如果是用信件通知，我恐怕會緊緊抱住快遞員。鄉的聲音好像外國電影的配音演員般富有磁性，我覺得好像有羽毛撫摸著我的耳朵，忍不住縮著身體，用緊張的聲音回答：「是的。」鄉似乎在打電話的同時打電腦，我聽到他複誦著我的名字和敲鍵盤的聲音，也聽到他小聲嘀咕，這次大家的姓氏都很少見。

那個人也進入了決賽嗎？我的腦海中浮現了「大豆生田薰子」這個名字。

每朝電視臺舉辦的劇本新人獎，每年有六個人進入決賽，但參加者只有進入決賽之後，才會接到通知，第一輪到第三輪的中間評選結果都公布在劇本專業雜誌《電視劇》上。

我在雜誌上確認有沒有經常參加劇本競賽的人，有沒有人同時有好幾個劇本入圍，以及哪個劇本名字很有趣這些資訊時，發現了那個名字，但當時只覺得「大豆生田薰子」這個名字很奇怪而已，因為當時只顧著專心看著自己的名字進入了第三輪評選。

我在大學四年級時第一次參加劇本競賽，為了逃避不太順利的求職活動，我心血來潮地買了教科書，依樣畫葫蘆地第一次寫了劇本，竟然通過了第一輪評選。我深深地感嘆，原來我的才華在這裡。

我只告訴了母親這件事，母親潑冷水說，只是通過第一輪評選而已。但在約兩千部參賽作品中，只有一百部才能進入第一輪評選，機率是二十分之一，遠遠超過那些小有知名度公司的徵才倍率。雖然無法進入第二輪評選，但那次之後，我連續參加了九年。原本決定如果五年沒有得獎，就放棄夢想回老家，但第五年進入了只有十五個劇本入圍的第三輪評選，於是，我決定再接再厲，繼續努力五年看看，結果在還剩下一年的緩衝之際，終於進入了決選。

之後，鄉問我是不是向誰致敬的作品，有沒有深受影響的劇本作家或是小說家，有沒有哪些部分引用了文獻等等，用了五種不同的方式，確認作品是否有抄襲的問題，最後說明了評選會的日期後，掛上了電話。

——評選會將從五月二十日傍晚六點開始，只有得獎者會接到電話，只是時間可能會稍微晚一點。

評選會當天，電話在晚上十點過後響起時，我不出三秒鐘就接了起來。因為我從傍晚六點開始，就一直把手機放在手邊，迫不及待地希望電話鈴聲趕快響起，所以，我心神不寧地等了將近四個小時。不，其實我從一大早開始，就無心做任何事。雖然電話和電子郵件設定了不同的鈴聲，但當收到電子郵件的鈴聲響起時，心跳就忍不住加速，發現是垃圾廣告時，便會忍不住很沒品地咂嘴罵一句：「媽的！」不久之後，開始出現了幻聽，心想著電話終於打來了，但拿起手機，只能對著空白的螢幕嘆氣。最後，我甚至消除了房間內所有的聲音，抱腿坐在床上，一動也不動地等電話。雖然有可能維持這個姿勢坐一整晚，空虛地迎接早晨的來臨，但是，電話終究還是響了。

——漣小姐，妳的《比月亮更遙遠的愛》獲得優秀獎。恭喜妳。其實我原本認為應該是妳得最優秀獎，詳細情況會在日後寄資料給妳，那就期待在頒獎儀式上見面了。

我還來不及道謝，鄉就掛上了電話。我很高興，但無法像進入決選時那樣盡情感到高興。鄉說我獲得了優秀獎，但第一名是最優秀獎，所以我是第二名嗎？通常會評選出一名最優秀獎，兩名優秀獎，只不過得獎也無法保證一定能夠成為編劇。歷屆最優秀獎得獎者，之後成為編劇，出現在電視劇的字幕上的人數不超過半數，但從來沒有看過任何優秀獎的得獎者成為專業編劇。雖然無論得到最優秀獎還是優秀獎，都不一定能因此順利踏上編劇之路，但兩者仍然有決定性的差異。

最優秀獎的得獎作品會拍成電視劇，至少會以編劇的身分，出現在字幕上，也可以認識第一線的工作人員。新人獎的得獎作品都會在非假日白天的電視劇重播時間，或是深夜兩點的時段才播出，收視率完全不值得期待，但仍然有超過以萬為單位的觀眾會看到，也會有某些反應，也就是說，至少有機會邁向下一步。但是，不能因為只得了優秀獎，就認定影像化的可能性是零，因為每三年就會有一次沒有最優秀獎，遇到這種情況時，就會從優秀獎中挑選一個劇本影像化。

我的思緒很亂，為了獨自慶祝所準備的小瓶香檳也放在冰箱裡，也不想把放在木盒子裡的卡門貝爾乳酪拿出來切。到底有沒有人獲得最優秀獎？我回想著鄉對我說的話。

——其實我原本認為應該是妳得最優秀獎。

啊啊。我只能嘆氣，但仍然激勵自己，這句話也完全可以理解為沒有人獲得最優秀獎。我翻開已經出現了摺痕，只要放在桌子上，就會自動翻到那一頁的《電視劇》雜誌，凝視著只刊登了第三輪評選之前的結果，猜測哪一個人的哪一部作品會得到最優秀獎。

雜誌上只刊登了作品名、姓名和出生地這三個項目。參賽時不能使用筆名，只有一個人的姓氏很罕見。

《生存遊戲》大豆生田薰子（島根縣）

難以相信這麼平淡無奇的作品名字，竟然可以進入決選。另一部作品的名字很有魅力，雖然感覺應該是很灑狗血的電視劇，但讓人好奇會是怎樣的內容。

《接下來的秋季，終結的冬季》直下未來（東京都）

我的猜測雖不中，亦不遠。兩天後，收到了限時信。雖然我把記載了評選結果的紙揉成了一團，但之後又把它攤平，至今仍然保存得很好。雖然我用拳頭用力捶那個名字，覺得如果沒有她，不知道該有多好，但當時我不知道這個名字要怎麼讀，甚至搞不清楚哪一部分是姓氏，哪個部分是名字。

最優秀獎：《生存遊戲》大豆生田薰子（島根縣）
優秀獎：《比月亮更遙遠的愛》漣涼香（東京都）
《接下來的秋季，終結的冬季》直下未來（東京都）

頒獎儀式在翌月的六月二十日舉行，為了這一天，我特地購買了Sybilla的洋裝，還去髮廊做了頭髮。我在開始進場的三十分鐘前，抵達了頒獎會場的六本木格蘭飯店，在大廳閒逛打發時間時，看到一個女人坐在大柱子前的雙人沙發上。她又瘦又小，看起來像是好不容易才坐上紅色天鵝絨的沙發。她穿了一套廉價的粉紅色套裝，戴了一朵手掌大的紅玫瑰胸花，讓人忍不住想要吐槽，難道以為是來參加兒女的入學典禮嗎？粉紅色配紅色很奇怪吧？雖然她的衣著很正式，但只用一個髮夾在後腦勺上方夾住頭髮，不知道是否靠在哪裡坐了很長時間，後腦勺的地方有一小撮頭髮亂了。米色的絲襪還算合格，但黑色包鞋就讓人無法接受了，因為和套裝的顏色完全不搭。

放在腳邊的褐色手提包握把上繫了一條藍染的絲巾，難以分辨是為了追求時尚，還是只是為了預防和別人的手提包混淆，總之，一看就覺得她是昭和年代的鄉下人。

我發揮了編劇的本色，忍不住對她仔細觀察了一番，完全沒有想到那個人是最優秀獎的得獎者，還以為她應該是為了參加朋友的婚禮，第一次從鄉下來東京……不，並不是這樣，我不希望自己是被這樣的人打敗，所以在無意識中試圖把不同的設定套用在她身上，所以，我在入場的五分鐘前就比她先走向會場。接待櫃檯前一個留長髮的高個子男人就是鄉，他問我：

「請問是大豆生田薰子小姐嗎？」

原來姓氏是「大豆生田」，名字是「薰子」。這就是最優秀獎得獎者的名字。

「對不起，我是大豆生田。」

在我身後小聲回答的，果然就是剛才在大廳看到的女人。

之後來了一個矮冬瓜男人，我以為是大豆生田的老公從鄉下陪她一起來領獎，沒想到是另一名優秀獎的得獎者。我對男人竟然叫「未來」這個名字感到目瞪口呆，而且在內心忍不住吐槽，他的作品名和他的長相未免太不搭調了，然後對「直下」並不是唸「Nao-shita」，而是唸成「Sosori」這個罕見的姓氏也感到驚訝不已。

我們三個人的姓氏都很少見，而且都是三十歲。

大豆生田、我和直下站在領獎臺上，當我巡視會場時，內心再度湧起了自己還有機會的想法。雖然分不清誰是編劇，誰是電視臺的員工，但最能夠融入這群溫文儒雅的人之中的，並不是我身旁的那兩個人。一切都取決於今天的頒獎儀式。其實根本不需要我暗自下決心，因為我很自然地成為了頒獎典禮的主角。

不光是外表和舉止，我的作品也勝過了大豆生田。

每朝電視臺的劇本新人獎由三位編劇進行最終評審，全都是曾經寫過當紅電視劇的編劇，即使對劇本沒有興趣，也不知道他們名字的人，只要說出他們的作品名字，大部分人都會恍然大悟地說：「原來是那一齣啊！」尤其最年長的野上浩二，是我心目中最佳電視劇《我們的暑假》的編劇。這齣電視劇讓我忍不住連續看了好幾次，最後一集甚至可以直接憑記憶把劇本寫下來，對我來說，他簡直就是神。

詳細的評審過程將會刊登在翌月出版的《電視劇》雜誌上，野上浩二負責會場的講評。

——另外兩位評審原本推選漣小姐的作品獲得第一名，但因為今年是我最後一次擔任評審，所以就軟硬兼施地推選了大豆生田小姐。

我差一點暈眩。在多數表決中，是我獲得第一名……原本崇拜的編劇立刻淪為死老頭子。

——漣小姐很會寫文章，對話也很有味道，但關鍵的故事內容缺乏魅力，感覺整個故事似曾相識，以後別人也可能會寫類似的故事。雖然具備了馬上成為戰力的潛力，但我認為，新人獎要求的並不是這種類型的寫手。大豆生田小姐的作品寫得很認真，只是文章還有些生澀，但這部分可以由其他工作人員加強。最重要的是，整個故事很有趣。

野上浩二簡單說明了大豆生田的作品《生存遊戲》的概要，一名妻子帶著因為罹患了末期癌症、來日不多的丈夫來到無人島上，他們兩個人在無人島上生存一整天的故事。

——從很高的岩石上跳進海裡，或是用火烤野生的蕈菇時，來日不多的丈夫一臉嚴肅地說，這樣會死啊。觀眾會從這些場景中瞭解到人類的可笑，也因此認真思考生命的問題。不瞞各位，其實不久之前，醫生也宣告我得了癌症，只是沒有那名丈夫那麼嚴重，所以我發自內心希望和內人也度過一天那樣的生活。

既然他提到這件事，別人也就無法反駁了。雖然我很同情他生病了，但身為評審，他做了錯誤的示範。他應該在去年就宣布不再擔任評審。

大豆生田用毛巾手帕頻頻拭淚，把眼睛周圍擦成一片黑色，簡直就像味素廣告中紅貓熊寶寶的臉。她就帶著那張臉走向舞臺中央，和野上浩二握手後，接過了獎狀。然後……她在發表得獎感言時自掘墳墓。

——這是以我丈夫和我為原型創作的故事，能夠獲得這麼光榮的獎項，我倍感榮幸，我相信我丈夫在天堂也會感到高興。這是我第一次寫劇本，我會努力學習，努力寫出好劇本。

會場內響起熱烈的掌聲，但只有大豆生田和野上浩二兩個人陷入了感動。因為她在製作單位的工作人員面前坦承，她的得獎作品並不是從零創作，而是實際發生的事。任何人都可以寫出一個故事，那就是自己的故事。大豆生田薰子不會有第二部作品。

但是，對她來說，還有一個更單純的負面要素。

雖然典禮上準備了豪華的餐點，但我們三個得獎人到處鞠躬打招呼，幾乎沒有吃任何東西，在典禮結束之後，鄉和K電視製作公司的製作人石井帶我們去了會場附近的居酒屋。下班後的上班族和大學生聚集的連鎖居酒屋，無疑是我們目前立場的寫照，我不禁有點沮喪，但鄉只和我談了今後的工作。

妳經常看小說和漫畫嗎？有沒有寫過大綱？如果看到覺得拍成電視劇會很有趣的作品，可以隨時寄給我。

鄉並沒有忽略大豆生田，和她說話的次數更多，只不過內容完全不一樣。

妳的姓氏很罕見，我的名字叫鄉賢，妳的姓氏還沒有說完，我就已經說完全名了。島根縣有很多人姓這個姓氏嗎？島根縣最有名的是什麼？沙丘嗎？不對，那是鳥取縣。妳明天在東京觀光之後才回去嗎？妳難得來東京，卻請妳吃柳葉魚，真抱歉啊。妳可以點一些妳喜歡吃的東西，回去之後，應該可以向朋友炫耀一下義式熱水澡沙拉吧？

鄉問她的問題充滿嘲笑，但大豆生田一臉認真地回答，她打算去淺草買人形燒帶回去。我覺得她太可憐了，向她推薦了羽田機場內賣的甜點，並寫在便條紙上交給她，她雙眼發亮地回答說，她一定會去買。看到她的樣子，不由得覺得自己之前嫉妒看不見的敵人很沒出息。

鄉也問了住在東京的直下對哪一種類型的電視劇有興趣，不知道是否因為直下太熱中於聊國外的推理劇，鄉聽了之後似乎有點掃興，所以並沒有要求直下也寄大綱給他。

而且，我向在典禮上打招呼的所有人都遞上了名片，但大豆生田和直下甚至連便條紙都沒有準備。他們似乎覺得已經大功告成，我也因此對他們產生了好感。我提議三個人相互交換電子郵件信箱，珍惜這次的緣分。雖然得獎作品將刊登在下個月的《電視劇》雜誌上，但直下說，希望可以在熱情減退之前相互交換意見，約定隔天互寄文稿交流。

鄉事不關己看著我們，突然開口說了一句話。

——啊，真想掐用手掬起水窪中的月亮那一幕。

聽起來像是自言自語，但我知道他是看到大家聊天告一段落時有感而發，大豆生田和直下滿臉錯愕地看著鄉，我悄悄地用洋裝的袖口擦了擦眼睛。

頒獎典禮的隔天，大豆生田和直下都寄來了文稿，同時附上了幾句慰勞的話。我對比賽成績不如我的直下的作品毫無興趣，只把大豆生田的文稿列印出來閱讀。沒想到……竟然落了淚。

但是，落淚不等於感動。輕易把不治之症作為題材的人，恐怕對這一點有很大的誤會，而且，大豆生田太不把生命當一回事了。她自己應該也意識到這一點，所以才會公布這個劇本是根據真實故事改編的。沒想到我竟然敗給這種作品，但是，除非是有能力鑑識真正優秀作品的人，否則在比賽中落敗的我無論說什麼，重視頭銜的普通人聽到我的看法，一定會覺得我在嫉妒，所以，我傳了這樣的電子郵件給她。

我忍不住放聲大哭，可以從作品中充分感受你們夫妻的深厚感情，但是，對結婚五年的夫妻來說，對話似乎有點生硬，我相信只要稍加修改，就可以成為一部傑作。不愧是最優秀獎！期待影像化。

同一天，大豆生田也寄了〈比月亮更遙遠的愛〉的感想給我。

主角愛上了好朋友的情人，內心的掙扎很有共鳴，把月亮捧在雙手的結局也讓我佩服不已。謝謝妳的寶貴建議，這次影像化時似乎要大幅度改稿，修改時，我會參考妳的意見。我們都剛站在起點，一起努力，成為職業編劇！

我以為她很清楚，這次得獎只是新手的好運，沒想到她竟然想成為職業編劇。但是，她也可能認為這是雪恥的機會，她今天終於瞭解到鄉昨天那句自言自語的意思，內心一定很不甘心。絕對不能輸她。我出聲發誓。

不治之症的故事雖然主題明確，但內容很老哏。

我每個星期至少寄三份大綱給鄉。我對自己的閱讀量很有自信，雖然最喜歡愛情故事，但自從立志成為編劇後，我廣泛閱讀推理、科幻和歷史小說等不同領域的作品，只要故事概要、書名、裝幀等方面有任何可取之處，我就會買回家閱讀。這種努力沒有白費，我可以輕易說出一串還沒有出名，卻能夠寫出獨創而又有趣的作品的作家名單。

鄉對我寫的大綱的反應也很不錯。

在頒獎儀式一個月後，我接到鄉的電子郵件，說大豆生田目前正在修改得獎作品，所以很忙，希望最近能夠安排時間和我見面，當面進一步討論幾部作品，於是我在海洋節那一天第一次和鄉單獨見面討論。鄉告訴我，他將在下次開會時，把我之前寄給他的十五份劇本大綱的其中五份提出討論。

我們在咖啡店討論結束後，他帶我去了一家漂亮的小酒館，菜餚的價格比上次頒獎典禮後去的那家居酒屋的價格多了一位數。鄉的酒量不太好，單手拿著葡萄酒杯，數落著大豆生田。

——雖然在評選會之前就決定，由我負責得獎作品的影像化，但拍一部無聊的作品實在太痛苦了。我叫她修改了十次，才終於稍微像樣了。如果是《比月亮更遙遠的愛》，幾乎不用修改，就可以直接拍攝了。

我既沒有否認，也沒有表示贊同，只是面帶微笑地聽鄉說話。那天的葡萄酒是我這輩子喝過最美味的葡萄酒。我原本做好了如果鄉開口邀約，我就願意跟他走的心理準備，但他並沒有提出這麼卑鄙的邀約。他叫了計程車，微紅的臉頰上露出笑容，送我上了車。

看3ch上的留言，發現編劇這個行業也有陪睡這件事，甚至覺得有很多女性編劇應該都是靠這種方式才會接到工作。鄉的紳士態度，讓我為自己天大的誤會感到羞恥，這個行業果然是靠實力打天下。鄉發現了我的實力，所以把我視為工作對象而好好對待。那些沒有實力，卻不願承認這個事實的人，用「陪睡」這種字眼貶低成功者，發洩內心的不滿。我和那些人不一樣。

為了記錄下當時的心情，我打開了電腦。

好久不見，今天我和鄉製作人開會討論了工作，下次的會議好像會討論我交給他的五份大綱。連我都有這麼好的運氣，大豆生田小姐，妳的大綱中選比例應該是我的一倍吧……我必須更加努力！

寄出之後，我在部落格上寫了G先生帶我去了一家漂亮的小酒館，並附上了菜餚的照片，之後，又瀏覽了電視劇評論網站。光是發掘有趣的原著還不行，編劇必須能夠將原著進行調整，符合電視臺的特色。每朝電視臺的製作人鄉肯定我的能力，代表我充分瞭解那家電視臺的特色。

我在關電腦之前再度確認了電子郵件，發現大豆生田回覆了我。

有五份大綱入選太厲害了，我連怎麼寫大綱都不知道。《生存遊戲》終於完成了定稿，聽說下週會決定播出的日子。我很期待第一部作品問世的日子，漣小姐，希望妳的作品也可以趕快問世。

希望我的作品「也」可以趕快問世？她是哪壺不開提哪壺嗎？我有點火大，但我可以從容地一笑置之。因為我知道，大豆生田根本沒有寄任何大綱給鄉。

鄉下人趁早放棄吧！

翌月，雖然是暑假期間，但《生存遊戲》在非假日的白天時間悄悄播出。我作好了會懊惱「照理說應該是我的作品」，為此深感痛苦的心理準備坐在電視前，但只看了十分鐘，就感到失望不已，之後的劇情更慘不忍睹，我甚至開始同情大豆生田。

首先，只要看演員陣容，就知道電視臺完全不重視這部作品。扮演丈夫的是偶爾會在黃金時段的電視劇中演五番配角的年輕演技派演員，扮演女主角的女演員完全是陌生面孔。如果是十幾歲的女生，還有可能是在大型經紀公司的選秀會上獲勝、即將力捧的新生代女演員，但三十歲左右的演員憑那種長相，未來走紅的可能性幾乎是零。雖說是新人獎的得獎作品，但之前得獎作品影像化時，主要演員都小有名氣。尤其這部作品的角色很少，應該可以多花一點錢請演員。

但是，並不是因為演員的關係，導致作品毫無吸引力。原創劇本中描寫了那對夫妻淡然地做一些危險行為，但電視劇為了讓每一個場景都充滿感動，所以融入了不必要的言行，結果變成完全搞不清楚想要幹什麼的狀態。

「這個蕈菇我吃就好，因為妳……還有明天。」

「老公……」

這是在搞笑嗎？是想要讓觀眾發笑嗎？此時此刻，野上浩二不知道是否為自己當初的選擇感到後悔？不過，這些大師可能在評選結束之後，就覺得事不關己，根本不會看影像化之後的作品。

不知道網路上的反應如何。我打開了3ch。電視劇板上完全沒有任何評論，但創作文藝板的每朝電視臺劇本新人獎的討論串稍微討論了一下，可惜九成都是負評。

完全搞不懂到底想幹嘛，以為只要是不治之症的故事，觀眾就會照單全收，未免把觀眾當傻瓜了。

也有搶先看了一個星期前出版的《電視劇》雜誌上的原著劇本後才看電視劇的觀眾留的言。

徹底被改壞了，如果按照原著劇本拍攝，搞不好還不會那麼糟。

我覺得這應該是大豆生田的留言。架構有問題的作品，無論怎麼修飾都不可能化腐朽為神奇，她卻推卸責任，所以是想要怪罪於鄉嗎？

最難以理解的是，竟然有零星留言表示深受感動。那些留言絕對是大豆生田或是她的親戚寫的。總之，我確信一件事。

大豆生田薰子沒有下一次了。她出局了。

但我還是用電子郵件寄了臨別贈言。

我看了播出！恭喜妳的作品終於問世，不愧修改了十次，可以感受到夫妻感情更加深厚。同行看了這部作品，一定會爭相邀妳合作，太羨慕了！

我剛寄出，就收到了直下的電子郵件。

認真創作的作品去投稿，成果卻是這麼荒唐可笑。電視沒前途，我打算學習電影劇本。

看吧。我忍不住咕噥。沒有人覺得大豆生田的作品精采。我沒有回覆直下，寄了三份大綱給鄉，同時附上一句，《生存遊戲》的拍攝工作辛苦了。三份大綱中，有兩份是根據小說改編的，另一份完全由我自行創作。

有一份大綱很有趣，但妳忘了寫原著作者的名字和出版社了。

我想像著將會收到這樣的回覆，持續創作自己的作品。

大豆生田薰子下臺一鞠躬了，雖然根本沒有上過臺。

之後，我和鄉也每個月見面一次，以討論工作的名義一起吃飯。鄉一臉懊惱地說，雖然我的大綱至少有一份會進入最後階段，但都是在決選投票時落敗。

——如果論內容的趣味性，絕對是妳挑選的作品更出色，但一旦由贊助廠商說了算，知名作家的小說和走紅的漫畫就很有說服力，電視臺什麼時候變成只能跟風而已了？我很想和編劇聯手合作，推出很有力的獨創作品。

我認為那個編劇就是我。雖然我偷偷混入的獨創作品完全沒有受到重視，但我相信他希望我藉由改編別人的作品磨練技巧，然後和他一起努力。否則，他不可能每次都帶我去吃壽司或是法國料理這些高級的餐廳。

——小涼，妳在參賽時的職業欄內寫了自由業，具體在做什麼？

——宅配公司的櫃檯，黑熊標誌的那一家。每週四天，九點到六點，週二、三、四休假。

為了方便鄉和我聯絡，我向他詳細說明了排班情況。其實我不想提起打工的事，因為怕別人誤以為那才是我的正業，只要能夠維持寫劇本生活的最低收入，任何工作都無所謂。

——是喔，沒想到妳工作排得很滿，太好了。

——為什麼？

——因為妳的閱讀量很驚人，也寫了很多大綱，我以為妳一整天都在做這些事，所以有點擔心。

——我看書和寫作的速度應該都很快，但也因為這樣，所以連和男朋友一起去玩的時間都沒有。

——是喔，原來妳有男朋友。

——我的意思是說，連男朋友也沒有。

我想要不經意地表達目前男朋友的位置空缺的狀態。

——鄉先生，你的女朋友應該一隻手也數不完吧？

——小涼，原來妳這麼看我？我這個人最專情了。

鄉說完這句話，目不轉睛地看著我，然後噗哧一聲笑了起來。我也跟著笑了起來，心想看在旁人眼裡，可能會覺得我們是很恩愛的情侶。想到這裡，忍不住用被杯子冰過的手摸著發燙的臉頰。

從在頒獎典禮第一次見到鄉，不，從接到進入決選的電話之後，我每天晚上都會想他。除了看電視的時間以外，在看書或是看電影時，也會忍不住想像，不知道鄉對這些作品有什麼感想。不光是關於故事的問題，在吃便利商店新推出的甜點時，或是感覺天空特別藍時，都很希望能夠和鄉一起分享。我們兩個人應該很像，但我無法主動表白。無論我多麼嚴肅地向他表白，他一定會覺得我動機不單純，搞不好他也有相同的煩惱。

為了掩飾內心的感情，我改變了話題，問了我之前就打算找機會打聽的事。

——大豆生田小姐接下來的工作已經決定了嗎？

——妳是認真的嗎？

鄉的肢體動作原本就很大，此刻增加了一點五倍的幅度，探頭看著我的臉問道，好像調皮的小孩般的眼神似乎在說，因為我們是大人，所以不會直話直說，但妳應該懂我想要說什麼。

——雖然我對她說，如果看到有趣的作品，可以寫大綱寄給我，但她好像連怎麼寫大綱也搞不懂，我也沒打算特別教她，反而是直下值得期待。

大豆生田的事讓我鬆了一口氣，但聽到直下的事，忍不住皺起眉頭。

——能夠寫推理故事或許是武器，但如果每次殺人的方式都是鮮血亂噴，就成不了氣候。他根本搞不懂電視，如果不小心在電視上播出這種畫面，一定會接到很多投訴電話。總之，他和妳差遠了。

他用力握住了我放在桌子上的手，似乎在為我加油。我在內心發誓，在我成為編劇，名字出現在電視字幕上時，我就要向他表白。

然後，我寄了一封電子郵件給已經無法成為競爭對手的對象，給予致命的一擊。

大豆生田小姐，大綱寫得還順利嗎？直下先生似乎也很努力。我看了妳的得獎作品（參加比賽時的原稿），有一點想法。我覺得妳有能力用輕鬆的方式談論死亡這件事，如果讓我來寫那種面無表情地接連殺人、即使看到鮮血亂噴，也面不改色的殺人魔，一定會變成一個很黑暗沉重的故事，但我覺得妳可以寫得很吸引人。也許電視上無法呈現這種場景，但正因為這樣，由新人來寫才有意義。……對不起，我自以為是地向妳提供建議，我們一起努力。

大豆生田沒有回覆。

聽說連大綱都不會寫，根本沒把編劇放在眼裡嗎？

在得獎後七個月，將近年底的時候，我接到鄉的通知，說我的大綱被採用了。如果不在一年之內做出成績，馬上就會有下一位得獎者。在我漸漸產生這樣的焦躁時，接到了這個好消息。接到電話時，心情比之前接任何一通電話時更激動。鄉說詳情明天再談，然後指定了時間和地點，掛上了電話。

獲選的是名為《宛若蝴蝶又似花》的青春小說，這是一群女高中生參加了實力弱小的新體操社，在不斷失敗的過程中，向全國比賽進軍的故事。作者小早川花是以前寫輕小說的小眾作家，但很擅長描寫十幾歲女生的心理，所以漸漸受到了肯定。雖然是常見的熱血運動故事，但最後那些女高中無法參加全國比賽的結局，反而讓人有新鮮感。

努力是一件美好的事，但並不是每個人只要努力，都能夠獲得成功。重要的是不輕言放棄的毅力。相信有很多人能夠對這部作品傳達的精神產生共鳴。

這部作品唯二的缺點，就是對話有點生硬，故事架構順著時間的順序發展，顯得太單調了。既然是改善了這些問題的大綱獲選，代表除了原著的魅力以外，我的改編能力也有很大的功勞。總共十集的連續劇，我在大綱上寫了每一集的概要，接下來才要開始寫腳本。第一集已經有八成在我腦海中了。

我坐立難安，乾脆寫完了第一集的腳本，才去和鄉見面。也許今天終於有機會可以向他表白了。鄉比我更早出現在我們經常相約的咖啡店，我飛奔過去，很想撲向他，沒想到鄉用力抱著我，向我道賀，我差一點昏倒。但是，不出三分鐘後，我就被推入了地獄。

——這次會請野上浩二老師寫腳本。

我目瞪口呆，以為自己聽錯了，鄉就像在教初學者游泳般，仔細向我說明了來龍去脈，但我當然無法接受。說到底，就是贊助廠商不願支持沒沒無聞的編劇，就這麼簡單而已。

——如果原著的作者很有名，也許有機會由妳來寫腳本。這次在寫腳本時，還是需要妳幫忙，也許十集之內，後半部分有好幾集都會由妳負責。妳應該也知道野上老師的身體狀況。

——我只知道雖然他罹患了癌症，但因為早期發現，已經藉由藥物完全治好了。

——雖然老師說他的身體狀況已經完全沒問題了，但寫連續劇很耗體力，即使是健康的人，也可能會病倒，所以沒有人能夠保證絕對沒有問題。相反地，我覺得對妳來說是很好的機會，如果能夠順利完成救援投手的任務，不要說野上老師，就連電視臺也會感激妳。

聽到鄉的鼓勵，我漸漸預感也許事情真的會像他說的那樣。當他帶我去獲得星級評鑑肯定的西班牙餐廳慶祝時，我已經恢復了活力。鄉可能為了激勵我，我沒有問，他就主動談到了大豆生田的事。

——她突然寄了一份兩個小時電視劇的腳本給我，而且是她自己創作的故事。不知道她是不是搞錯了什麼，一開始就是沾滿鮮血的屍體，真是受不了。不管是直下還是大豆生田，他們是不是有問題？

鄉心情愉快地說，他看了不到三頁，就想要丟進垃圾桶。K電視製作公司的石井剛好來電視臺開會，正在找便條紙，所以他就把整疊稿子都交給了石井。雖然我表面上皺著眉頭，表示很傷腦筋，但內心和鄉一樣放聲大笑，覺得大豆生田實在太單純了。

大豆生田小姐，我寫的大綱終於被採用了，只是腳本會由野上浩二負責，但因為是連續劇，所以可能會有幾集交給我，而且也有機會幫忙寫草稿。雖然要半年後才能播出，但我相信時間一定過得很快。

大豆生田小姐，妳還活著嗎？

新年過後，我也以工作人員的身分，參加了在三月舉行的電視劇製作發表會。在鄉的提議下，將電視劇的名字從原本的《宛若蝴蝶又似花》改成了《如花女子新體操社》，雖然這個劇名缺乏品味，但只要看劇名，就知道電視劇的主題。一整排漂亮的女生站在舞臺上，擔任社團顧問的也是經常出現在校園題材電視劇中的知名演員。我和之前只有在電視上看過的人身處同一個空間，終於等到了這一天。我用力吸著室內的空氣，看著對著舞臺閃個不停的閃光燈。大門已經在我面前開啟。

但是，差不多在相同的時候，發生了一件意想不到的事。我每週固定看的每朝電視臺的連續劇，因為實況轉播運動比賽而暫停一次，所以我轉到太陽電視臺的週四長劇劇場。

電視劇一開始就發生了命案。這是推理劇常見的手法，但既沒有誇張的音樂，也沒有下不停的雨。一身運動服的女人在清晨的公園內慢跑，一個同樣身穿運動服、年紀相仿的男人迎面跑過來。當他們擦身而過時，女人拿出預藏的菜刀刺向對方，然後若無其事地離開了。下一個場景是女人面帶笑容地為家人準備早餐，送丈夫和讀高中的兒子出門後，開始打掃、洗衣服做家事。看起來是典型的幸福家庭主婦，為什麼要行兇殺人？女人哼著歌，開始磨菜刀——

平時廣告時間，我都會起身去泡紅茶，或是拿零食來吃，但那天我緊盯著電視，甚至忘記起身做這些事。女主角在兩個小時的影片中殺了六個人，但我不時露出微笑，不時深有感觸，最後同時體會到人類的愚蠢和堅強。看完之後，有一種前所未有的奇妙的感覺。不知道是誰寫了這種實驗性的腳本，我坐在電視機前等待字幕，竟然看到了大豆生田薰子的名字。

我懷疑自己看錯了，用電腦搜尋，果然是大豆生田薰子擔任編劇，但是，她什麼時候和每朝電視臺以外的電視臺建立了關係？我看了工作人員的名字，發現了一個熟悉的名字。頒獎儀式後，一起去居酒屋的K電視製作公司的石井，是這部電視劇的製作人。

該不會是鄉丟掉的那部作品？而且我剛才看得很投入，但我並沒有受到感動。因為和週四長劇劇場平時播放的作品節奏和感覺不一樣，所以感到好奇而已，如果是在深夜時段播出，應該不會這麼吸引我。而且，整齣電視劇缺乏安定感。如果說，週四長劇劇場平時播放的電視劇像是坐在有經驗的計程車司機的車上，悠然地欣賞熟悉的街景，這次就像是坐在剛考到駕照的司機車上，經常在意想不到的地方踩煞車或是加速，所以一路上都提心吊膽，絕對不是舒適的經驗。

果然不出所料，3ch的電視劇板的兩小時電視劇討論串中有很多負評。大部分的意見都認為女主角太輕易殺人，但也有不少人接著說，這部電視劇很好看。

為什麼大豆生田沒有告訴我這件事？也許她沒有自信。既然這樣，我必須告訴她，我看了這齣電視劇。

我看了週四長劇劇場！恭喜妳的作品第二次播出，這部作品很有實驗性，我也要在連續劇方面好好努力。我們都要注意休息，不要累壞身體。

大豆生田該去接受精神鑑定。

大豆生田仍然沒有回覆，但我每天都很忙，根本無暇理會這種事。我的工作並不是協助寫腳本這麼簡單，而是野上在我完成的腳本基礎上稍加修改，作為最後的定稿，而且野上總是刪除我自己很滿意的部分。

——野上老師很開心地說，這次的工作很輕鬆。

鄉若無其事地說，似乎想要藉此安撫我，但只是讓我瞭解到，原來每次只要採取這種方式，即使這位業界大老年事已高，也可以保持以往的頻率，不斷推出新作品的把戲。我提出要求，既然他感謝我，希望能夠在字幕中打上我的名字，表明我在腳本方面提供了協助。鄉一口回絕說，絕對不可能。

即使這樣，我還是很期待第一集的播出。我還帶了點心去拍攝現場探班，看到演員說著我寫的臺詞，就感動得臉頰發燙。

沒想到得獎至今一年的時間，我走到了這一步。我真切地感受到自己在向前邁進。

七月七日，晚上九點第一集播出的一個小時，我整個人輕飄飄，宛如置身夢中，根本無法靜靜地坐在電視前。雖然只有我一個人看電視，卻忍不住用抱枕遮住臉，然後慢慢將抱枕移開，從縫隙中偷看電視，一個人笑得很開心。

千萬不要、千萬不要。我不顧另一個我的制止，在節目結束之後，搜尋了3ch。討論串中並沒有太多感想，第一集還看不出好壞，至少沒有看到會讓我一蹶不振的惡劣負評，我暗自鬆了一口氣。但是，沒什麼感想，就代表觀看的人數很少。收視率慘不忍睹，只有百分之四點八，同時段並沒有實力很強的節目，我猜想是宣傳不足造成的。原本打算和鄉聯絡，但不知道該從何說起，最後決定等待他的聯絡。

但是，之後遇到了比收視率更棘手的問題。原著小說被懷疑是抄襲，雖然對於劇情內容，可以辯稱只是承襲了青春故事的經典模式，但很難解釋為什麼有幾個地方出現和遭到抄襲的漫畫中相同的臺詞。幸好第一集中並沒有這些臺詞，電視臺方面決定參考原著小說，改變後續的情節，但觀眾不可能輕易喜歡曾經遭到抨擊的作品。

第二集的收視率跌到百分之三點多，最後決定只拍六集就草草結束，雖然我被迫連續熬夜趕稿，完成了這些女高中生最後終於順利參加全國比賽這種老哏劇情，但直到最後一集，字幕上也沒有出現我的名字。名字出現在低收視率的節目上，反而會影響日後的發展，這樣反而比較好。雖然我這麼激勵自己，內心仍然很希望自己能夠以編劇的身分，出現在黃金時段連續劇的字幕中。我連續三個晚上，都獨自在隔音很差的公寓內放聲大哭。

但是，鄉失去的更多。

八月底的某個晚上，他突然來到我家，口齒不清地告訴我說，九月之後，他會被調去營業部，負責恐龍展等活動。同時還告訴我，他老婆發現他外遇，離家出走，並要求他支付一大筆贍養費。

我第一次得知原來鄉已經結婚了。他並沒有欺騙我，只是看到他手上沒有戴戒指，就認定他未婚，只不過我們之間還沒有發展到可以稱為外遇的關係，他應該可以向他太太解釋清楚。我正想要這麼告訴他，就被他撲倒了，在事情結束之後，我已經無話可說。

我已經沒有寄大綱的對象，編劇之路也走到了盡頭，但我努力從正面看待這件事，認為也差不多該做一個了斷了。至少我得到了鄉，光是這樣，我的努力就沒有白費。但是，那天是我最後一次見到他。我從網路上得知，他喝醉酒，毆打計程車司機後，被電視臺踢到外地去了。

這是大豆生田的詛咒嗎？

宅配公司的工作才是我的本業，我每週工作六天，在認真工作了一年之後，所長問我要不要參加升等考試，成為正職員工。

——漣小姐，妳清楚瞭解工作流程，所以做事很俐落，妳以前有從事什麼運動嗎？

被所長這麼一問，我回答說，應該和我的興趣是寫腳本的關係。令人驚訝的是，五十多歲的男性所長雖然每個星期都按時收看大河劇，竟然不知道腳本是什麼。我告訴他，就是寫了臺詞和舞臺提示的文本，他恍然大悟地說，原來是劇本啊，但他並不知道自己每週必看的大河劇是誰寫的。即使我告訴他名字，他也偏著頭納悶。我列舉了好幾位知名的編劇，他只認識同時也擔任電影導演的那個人，而且從來沒聽過野上浩二的名字。

原來社會大眾對編劇的認識僅此而已，我整個人頓時放鬆了，通過了形式上的升等考試，辦理了相關手續，買了一個有黑熊標誌的特大號紙箱，把腳本的教科書、之前寫的腳本，以及之前參賽作品的影本等所有和腳本相關的東西全都丟進紙箱，寄回了老家。我要徹底放下編劇夢，也不需要再為了寫大綱而閱讀書籍和漫畫，看電影和電視劇時，可以只看自己想看的內容。住在老家的母親說，既然放棄了編劇夢，可以考慮回老家。即使隔著電話，也能夠從她說話的語氣中感受到她心情很好，但我以已經成為正職員工為由拒絕了。雖然我知道繼續留在東京是眷戀什麼，但我努力假裝沒有發現。

幾天之後，我隨興走進了電影院，看了之前就很注意的導演藪內享的最新作品。影評人從五年多前就認為他雖然有才華，卻始終無法突破自我。看完電影之後，我覺得這部作品應該可以終結以前的這些評論。然後……我在字幕中再度發現了那個名字。

大豆生田薰子。

這是一個被奪走一切的女人復仇的故事，內容並不感人，只是復仇的對象淡然地死去，也有好幾幕讓人發笑，沒想到結局讓人淚流不止。看了這部電影，會覺得發自內心地憐愛愚蠢而堅強的人類，自己也是這樣的人類，不禁思考明天之後的生活方式……沒想到出自大豆生田之手。

我可以這樣盡情地感動嗎？我甘於只當一名觀眾嗎？我到底在幹什麼？好好回想一下，我曾經走在她前面。現在仍然可以從參加新人獎開始，一切重新來過。

藪內導演的拍攝精采絕倫，但腳本糟透了。

一度封存的創作慾望傾瀉而出，無論怎麼寫，點子似乎都用不完，我創作了一部又一部作品，參加了大大小小各種腳本競賽。除了電視劇，還向電影、廣播劇和舞臺劇投稿，尤其在電影方面，投入了更多心力。

大豆生田的電影雖然一開始並不理想，但留下平淡而奇妙爽快感的結局引起了正反兩方面的討論，進而受到了好評，票房持續成長。到了年底，獲得國內幾乎所有電影節各大獎項的提名，最後摘下了作品獎和導演獎等多個獎項，大豆生田也獲得了最佳劇本獎。好幾本電影雜誌上都介紹說，她的下一部電影也將和藪內導演合作。

回想起來，我或許也更適合電影的世界。我很擅長深入剖析感情，不適合電視的輕巧，尤其近年來追求通俗易懂的作品。但是，我努力了一整年，每次不是在第二輪評選或最終評審之後，就沒有下文了。

能不能得獎全靠運氣，新人獎就是這麼一回事。

3ch的這則留言讓我點頭如搗蒜，每次看到有人在電影板上批評大豆生田，就感到大快人心，覺得她活該。我又回到了以前的生活。我已經燃燒殆盡。這句話最能夠形容我目前的狀態。

隨著新作品即將問世，在電影雜誌上看到大豆生田照片的機會也越來越多。編劇不可能因為寫了一部票房告捷的劇本，就這麼密集接受採訪。新作品在日本上映之前，已經決定要參加海外的電影節，而且藪內導演宣布，如果這部電影能夠得獎，就將和大豆生田結婚，所以媒體也一起湊熱鬧。

話說回來，導演和大豆生田周遭電影相關的人，都不曾向她提出任何建議嗎？因為她的採訪內容經常讓人感到傻眼。

請問妳喜歡哪一部電影？《星際大戰》。

請問妳喜歡哪一本小說？《一個都不留》。

請問妳喜歡哪一部電視劇？《長假》。

這簡直是在暴露她的沒水準，很可能影響觀眾對電影的信賴。但她發言讓人傻眼的程度沒有底限，甚至說了這樣一句話。

「大豆生田是死去的丈夫的姓氏，藪內導演同意我在結婚之後繼續用這個名字從事編劇活動，我對導演的寬大心胸尊敬不已。」

這根本是在炒新聞。但是，她出現在彩頁上的照片很漂亮，有點懷疑真的是當初那個大豆生田嗎？無論服裝、髮型和化妝都很有品味，臉上露出像女明星般落落大方的笑容。那是勝利者的笑容。

我是失敗者。如果當時野上浩二沒有罹患癌症，或是前一年就退出評審團，或是另外兩名評審更強烈地堅持自己的主張，不，只要公正地用多數決來決定，也許目前出現在雜誌上的就是我。大豆生田那部糟糕透頂的《生存遊戲》在影像化之後，也為她帶來了下一次機會，只要《比月亮更遙遠的愛》播出，鄉以外的業界人士應該也會主動和我聯絡。

如果大豆生田薰子上次沒有參加比賽，一開始就以電影編劇為目標……只要沒有她——

希望大豆生田薰子消失。不光是從業界，而是從這個世界消失。

今天，有一個女人把用鋁罐和紙黏土做的、像是巨大擺設般的東西直接搬到公司櫃檯。她的年紀和我差不多，她說想要寄送這個東西，我幫忙綑紮時，手指被尖處割破，血流到了巨大擺設上，滲進了黏土的部分。女人脹紅了臉大罵，說這是她要去參加比賽的作品，截止日就是明天，問我怎麼賠償她。她指著顯示已經六點五十五分，也就是受理宅配時間結束五分鐘前的時鐘，咄咄逼人地問我。

她放聲大哭著問我，要怎麼賠償她？然後把我逼到牆角，要我下跪向她道歉。

我沒理由要向她道歉，更何況不可能有任何比賽會讓這種莫名其妙的東西得獎，但那個女人揚言要以毀損器物的名義報警處理，所長向我咬耳朵說，如果下跪可以解決問題，那不是很好嗎？無奈之下，我只能跪在有點髒的地上低頭道歉。我懊惱地全身的血都在沸騰，很擔心血會從全身的毛孔噴出來。

回到家後，用力敲著鍵盤，發洩仍然在內心翻騰的怒氣，貼了ＯＫ繃的手指再度滲著血，但我繼續打電腦，結果鍵盤都被染紅了。

為什麼我這麼倒楣？怎麼會有這種事？

當鍵盤上的每一個鍵都沾到鮮血後，我沒有關電腦，直接無力地打開電視，看到一身黑色洋裝的大豆生田薰子出現在螢幕上，挽著也是一身黑色燕尾服的藪內導演，走在紅地毯上。無數閃光燈對著她閃爍，我想像著自己出現在那個場景中。短短三年而已，我們曾經站在同一個舞臺上，如果這個世界上沒有大豆生田薰子這個人——

大豆生田薰子消失吧！

雖然是獲得相當於第二名的銀鈴獎之後凱旋歸國，但在機場出口，只有寥寥數人迎接。難道不是這班班機嗎？雖然因為得獎受到了矚目，但一般民眾還是只會把掌聲獻給主演的演員。昨天電視新聞中播出了主演的演員回國的消息，迎接的民眾擠滿了機場，幾乎看不到演員的臉。但是，導演應該不一樣吧，更何況他們之前還宣布說要結婚。

當我看到大豆生田走過來時，就消除了這個疑問。因為她沒有和導演同行，身旁是一個身穿套裝的年輕女人，可能是電影公司的人……恐怕只有我知道她是大豆生田。她的臉和三年前頒獎典禮時一樣，一身不起眼的打扮，滿臉疲憊地向我走來。但是，機會稍縱即逝。我把一大束紅玫瑰重新抱在胸前。

大豆生田走了過來，但還是相距數十公尺。我們眼神交會，她舉起一隻手向我打招呼，好像早就知道我會出現。難道她看透了我的想法？我愣了一下，腳步無法移動，但事到如今，已經沒有退路了。

我一隻手輕輕舉起花束，露出燦爛的笑容表示「我趕來祝賀妳得獎了」。一步，又一步，大豆生田走了過來，已經到了伸手可及的距離。這時，背後傳來了急促的呼吸聲。我向後瞥了一眼，看到了刀子。他為什麼？但在思考之前，我的身體採取了行動。

「漣小姐！」

我慘叫一聲，把花束遞到張大眼睛看著我的大豆生田面前。雖然想要說出已經下定決心要說的話，但後背熱得好像燒起來了，只能把已經擠到喉嚨口的話吞了回去，連同花束一起，倒在大豆生田的腳下——

＊

我一直誤會了漣涼香小姐，以為她嫉妒我獲得了每朝電視臺劇本新人獎的最優秀獎。我並不是毫無根據就陷入這種被害妄想，在頒獎典禮的當天，我和漣小姐，還有直下先生相互交換了電子郵件信箱，約定互寄參賽的原稿。隔天，大家都遵守約定，用電子郵件分享了感想。漣小姐和直下先生除了稱讚說，他們放聲大哭和感動得發抖以外，還提供了一些建議，認為劇本如果那樣修改，應該會更理想。因為我周遭沒有人寫劇本，所以覺得不僅交到了朋友，更找到了同伴。

但是，同一天的3ch創作文藝板上有關每朝電視臺劇本新人獎的討論串中，有留言誹謗我的作品。我以前沒有看過那種網站，是我弟弟告訴我的，但我認為這也是無可奈何的事。如果處在相反的立場，即使不在那種地方留言，內心也會有相同的想法。

之後，我的得獎作品《生存遊戲》影像化後，他們兩個人又用電子郵件向我道賀，卻同時在留言板上惡言中傷。這也是無可奈何的事，負責那齣電視劇的每朝電視臺製作人鄉先生完全否定我的作品，為了改編成他喜歡的作品，幾乎對每一行都有要求，最後我根本不知道自己在寫什麼，所以整齣電視劇的內容也支離破碎。

而且，主演的女演員演技超爛，聽說和鄉製作人有一腿。只不過他已經結婚了，而且是慣犯，聽說被他太太告上了法庭……這和漣小姐沒有關係。

因為那一次的結果很不理想，所以我想要繼續努力，直到有下一部戲播出為止。我認為如果不面對嚴厲的批評，就無法寫出讓大家認同的作品，所以請弟弟教我上網搜尋的方法，然後在搜尋欄內輸入了自己的名字，也就是所謂的自我搜尋。

結果搜尋到一個部落格，部落格的名稱是「對著月亮大吼」，都是一些以小說、電視劇和電影的感想為中心的日記，沒想到上面寫了這樣的文字。

只要沒有大豆生田薰子這個人，現在播出的應該是我的作品，但是，她的作品真的慘不忍睹。製作人是不是太不把大豆生田放在眼裡了？活該。

我猜想是漣小姐的部落格。因為我認為雖然她無償寫了一隻手數不完的大綱，但始終沒有任何成果，所以內心感到焦急。我沒有因此受傷，反而覺得是觀察人性表裡的良好機會。

雖然當初我和我的丈夫一心想要求死，做了很多魯莽的事，卻沒有輕易死去。但是，我的心靈已經扭曲了。這個世界上有很多像我這樣的人，而且，搞不好心靈扭曲的人更瞭解生命的堅強。我想要寫這樣的故事，但電視劇的世界不可能接受。

我用這種方式自我限制創作內容時，剛好收到了漣小姐的電子郵件，問我要不要寫一齣以殺人兇手為主角的電視劇，還說正因為電視的世界無法接受，新人來寫這樣的故事才有意義。

雖然我很猶豫，該不該就這樣接受她的意見，最後還是帶著孤注一擲的心情，挑戰了這樣的作品，在遭到鄉製作人無視的同時，卻得到了K電視製作公司的石井製作人的賞識，順利拍成電視劇。藪內導演看了之後，親自和我聯絡。導演之前就想要拍一部充分揭露人性的陰暗面，卻能夠表達生命的頑強和寶貴的作品。然後，如各位所知，就有了現在的我。

別人說我是灰姑娘的故事，我並不否認。我死去的丈夫、石井先生、藪內導演……還有漣小姐，為我施了走向城堡的魔法。

我不知道漣小姐是怎麼看我的。參加完電影節準備回國之前，難得打開了「對著月亮吼叫」的部落格，發現了可以解讀為殺人預告的內容。為了以防萬一，我和導演，以及電影公司的人討論這件事。如果有人想要動手，可能會選擇在機場下手。如果人潮擁擠，反而會造成危險，所以決定和導演搭不同的班機回國，我在便衣警察的陪同下走出出口，看到了漣小姐。她的手上抱了一大束花，想到那束花下可能藏了刀子，我不由得緊張起來。

我既有一種果然不出所料的絕望，但又想要對她表達感謝。我帶著這種複雜的心情向她舉起了手，那是通知便衣警察，她就是兇手的暗號。

我走向漣小姐，努力不讓她察覺內心的緊張，就在即將走到她面前，只要彼此伸手，就可以碰到的距離時，一個男人從漣小姐身後衝了出來，他手上拿著藍波刀朝我衝了過來。這時……

漣小姐撲向我，似乎想要保護我，然後就被刺中了。

兇手是直下，「對著月亮吼叫」也是直下的部落格。漣小姐和直下同時獲得優秀獎，但只要看了《電視劇》雜誌上的選評，任何人都知道第二名是漣小姐，所以我一直懷疑是漣小姐。

如果漣小姐出道成為編劇，直下應該也會用相同的方式批評她。我認為他只是想要為自己遲遲沒有成果找藉口而已。只要稍微想一下，就可以瞭解到這一點。男人往往無法將嫉妒的感情昇華為前進的努力。

如果當初我沒有斷定那個部落格是漣小姐所寫的，警方應該能夠及時調查，就可以預防這起事件的發生。為了感謝漣小姐，並向她贖罪，我提議藪內導演在得獎後的第一部作品，要拍漣小姐的獨創劇本。我相信當最後的字幕中出現漣小姐的名字，她在天堂也會感到欣慰。

我想要介紹漣小姐在自己真正的部落格最後一次發文的內容，來結束有關這起事件的採訪。

懊惱、懊惱、懊惱。但是，這份懊惱讓我繼續留在劇本的世界，大豆生田薰子比任何人都強烈地告訴我這件事。真正的好朋友，不是就應該這樣嗎？我發自內心地為自己得到了好朋友而感到幸福，為了傳達這份心意，我要去向她獻花，然後告訴她，謝謝她和我相遇。

罪孽深重的女人

上個月十九日，星期天，嫌犯黑田正幸（20歲）在H縣S市的「未來電機」電器行前揮刀行兇，造成十五名人員的死傷，以現行犯遭到逮捕。目前嫌犯對於犯罪動機仍然三緘其口——

＊

嫌犯黑田，不，我不想用這種方式叫他。正幸會犯下那起慘絕人寰的事件……全都是我的錯。

我和正幸的關係，真的是說來話長，這樣也沒有關係嗎？……那我想從頭說起。我叫天野幸奈，曾經有一段時間，和正幸住在同一棟公寓。那棟公寓名叫珍珠公寓，雖然名字很好聽，但其實是一棟外觀很破舊的兩層樓木造公寓。我住在一〇三室，我從出生之後，就和我媽一起住在那裡。媽媽未婚生下了我，靠著當保險外務員，一個人把我撫養長大。我們的生活絕對不富裕，也從來沒有我媽在假日帶我出去玩的記憶，但至少三餐無虞，和正幸相比，應該算很幸運了。

在我讀小學六年級那一年的春天，正幸和他的媽媽一起搬到了珍珠公寓的二〇三室。正幸的媽媽帶著他，拿著一盒草莓拜訪左鄰右舍時，我覺得他媽媽是一個規規矩矩的人。那棟公寓的住戶幾乎都是單身，搬進搬出很頻繁，在我的記憶中，她是唯一搬進來後，會拜訪鄰居的人。

而且，她送了像紅寶石一樣閃閃發亮的大草莓，媽媽從來沒有買給我吃過，光是這一點，就讓我覺得她是好人。正幸的臉也很可愛，像草莓一樣紅通通，很有光澤，我在心裡為他取了「草莓男孩」的名字。他讀小學一年級，和我相差五歲，如果我們的年紀沒有相差那麼多，也許這次的悲劇就不會發生。

雖然因為草莓的關係，我對他們母子留下了深刻印象，但之後完全沒有在意他們母子，我繼續過著和他們搬來之前相同的生活。如果正幸看起來讓人不放心，或許我會帶他一起去上學，但一看就知道他不是那樣的孩子。

不要因為在單親家庭長大，就認為人格會有問題，這種看法讓人很不舒服。事件發生後，看到那些心理學家利用正幸什麼都不願說，就擅自調查了正幸的身世，在電視上大放厥詞，把他的犯案動機怪罪於他的境遇，就覺得很火大。我之所以下定決心來向你們刑警說出真相，就是因為那些人不負責任地隨便亂說。他們根本搞不清楚狀況，什麼都不懂……

話說回來，我有機會瞭解他，也是因為我們都是在單親家庭長大的關係。但是，這句話並沒有負面的意思，單親家庭的孩子和周圍同年齡的孩子相比，精神年齡更成熟。我媽媽從來沒有要求我幫忙做家事，或是叫我自己的事情要自己做，但是，在我很小的時候，看到我媽靠自己的能力養家的背影，就強烈地意識到，我不能再給她增加負擔。該怎麼形容呢？如果說，家庭是支撐人的基礎，我和母親就像是站在稍微露出水面的石頭上，只要有一個人失去平衡，兩個人就會同時掉進水裡，差不多就是這樣的感覺，但我們母女都站在那塊石頭上。

正幸和他媽媽一開始看起來也是這樣的感覺，正幸獨自去上學，在他媽媽下班回來之前，都乖乖等在家裡，也經常幫忙跑腿，我從來沒有在他臉上看到過任何不安的表情。相反地，他的臉頰總是很有光澤，露出好像能夠為周圍的人帶來幸福的笑容。

並不是只有我這麼認為而已。在秋季運動會時，我坐在六年級的帳篷內看一年級生跳舞，坐在我旁邊的女生說，那個弟弟很可愛。我順著她的視線望去，發現是正幸。矮小的他拚命跳著舞。我剛認識他的時候，他和同年級的其他學生相比，個子很小，所以在跳舞時，也在第一排蹦蹦跳跳。當時他雖然偏瘦，但並不至於瘦到不成人形。

「原來是正幸啊。」

聽到我這麼說，身旁的女生問我，妳認識？

「我們住在同一棟公寓，他就像是我的弟弟。」

我從來沒有陪他一起玩，也幾乎沒有說過話，但還是忍不住這麼說道。那個年紀的人都很愛面子吧。不知道是不是所謂言靈的關係，真的很奇怪，當我這麼說了之後，真的覺得他就像是我的弟弟。當我向正在跳舞的正幸揮手時，他愣了一下，立刻對我露出燦爛的笑容。當時我超得意。

之後，正幸在公寓和學校內看到我時，雖然不會向我打招呼，但會露出親切的笑容。當然，我也對他露出了最美的笑容。我們身處相同境遇，不需要多說什麼。

也許他不需要我的幫助，但如果真正需要我幫助時，我一定要伸出援手。

即使升上中學之後，這種想法仍然留在我的內心。

我加入了吹奏樂社，每天七點多才放學回家。因為早晨也要練習，要比讀小學時提早一個小時出門，所以幾乎沒有在公寓遇見正幸。雖然一度感到寂寞，但直到一年級第二個學期過了一半，想要有一副新手套的季節時，才發現其實那樣的狀態更好。

那一天，我在天黑之後回到公寓，發現有一個黑影在樓梯下方。走過去一看，正幸抱著膝蓋坐在那裡。

「你忘了帶鑰匙嗎？」

這是我對他說的第一句話。我每年也會有幾次忘了帶鑰匙，在媽媽回家之前，只能等在門外，所以，只要看正幸的臉，就知道他遇到了困難，但我並沒有想得太嚴重。他停頓了一下，好像思考了一下，然後點了點頭。

「要不要去我家等？」

我的媽媽通常九點多才會回家，所以我不需要徵求任何人的同意，但正幸默默搖了搖頭。可能他媽媽禁止他去別人家裡。想到這裡，我也沒有多說什麼，說了聲「晚安」，就回家了。

但是，當我放好書包喘了一口氣時，聽到樓上傳來咚咚咚的腳步聲，似乎有動靜。我知道正幸原來不是忘記帶鑰匙，而是被趕出家門，但我擅自猜想大概是正值調皮搗蛋年紀的他做了什麼壞事。

其實是他媽媽帶男人回家。

正幸的媽媽在辦公用品公司上班，因為她經常穿著胸口繡了公司名字的制服回家，所以我才會知道。她的外表很適合那件深藍色的樸素制服，所以我完全沒有想到，她會為了和男人幽會，把正幸趕出門。而且，雖然當時我已經是中學生了，但很晚熟，甚至不知道怎樣才會生小孩子這種事，所以，即使日後看到正幸的媽媽帶穿著同樣制服的男人回家時，我也只想到他們可能只是回家一起吃飯。

我媽媽發現他們是在做見不得人的事。不知道是否因為公寓構造的關係，在家的時候，樓上傳出來的聲音比隔壁房間的聲音聽得更清楚，當媽媽很晚吃晚餐時，聽到了那種聲音，用力皺著眉頭，然後問我：

「妳的同學有沒有人交男朋友？」

我不知道媽媽為什麼突然問這個問題，因為搞不清楚狀況，所以原本只要敷衍回答的問題，我竟然很老實地回答說：

「我的朋友雖然沒有，但同班同學，和社團裡都有好幾個人交男朋友。」

我的話音剛落，媽媽就用力拍著桌子。雖然媽媽的味噌湯灑出來了，但她好像根本沒有看到，盯著我的臉問：

「妳該不會也交了男朋友吧？」

媽媽氣勢洶洶，如果不是隔著餐桌，她恐怕就會撲過來了。

「我沒有……」

我沒有說謊，卻費了好大的力氣，才把這三個字擠出口。

「媽媽這麼努力工作，就是為了讓妳能夠讀大學，妳要用功讀書，好好記住，目前該以什麼事為優先。」

我既沒有交男朋友，成績也不差，媽媽為什麼要罵我？而且莫名其妙地突然罵我。我很想衝到門外，但如果這麼說，媽媽一定覺得我心虛，所以我咬緊下唇忍耐著。只不過這麼一來，可以更清楚地聽到樓上的動靜中夾雜著淫穢的聲音，所以只好故意很大聲地把空碗盤收去流理臺。

我突然想到，不知道正幸會在哪裡聽到這些聲音，忍不住感到不安。他該不會在樓梯下面？我很想出門去確認，但如果隨便打開家門，不知道媽媽會怎麼罵我。我注意著樓上的動靜和媽媽的視線，從已經整理好的書包中拿出課本，明知道根本沒必要，但還是假裝預習功課。

只有一房一廳的家裡根本沒有獨處的空間，我在擔心正幸的同時，發現大人把小孩照顧得無微不至，並不代表兒女因此得到了庇護。媽媽因為是單親，所以想要把我教得很有出息，我內心也希望可以回應媽媽的期待。

我還是忍不住在意，假裝去拉窗簾，隔著玻璃窗，看向樓梯附近。正幸沒有在樓梯那裡，我稍微鬆了一口氣。

我之前曾經在電視的談話性節目中看到，有人責備那些住在有虐兒或是家暴事件家庭附近的鄰居明明聽到聲音，為什麼沒有報警，或是故意視而不見。每次都有專家自以為是地分析說，現在的鄰居關係變得很淡薄，有很多人都對他人的事漠不關心，我認為絕對不只是這樣而已。

很多人雖然有點在意，但忙於解決自己的問題。無聊的人豎起耳朵，可以聽到怒罵聲和哭泣聲，但對那些根本無暇理會他人的人來說，就像是車子經過窗外的聲音，雖然發出了聲音，卻不會傳入他們的耳朵。

我當時的煩惱，就是樓上的聲音讓媽媽對我可能交男朋友的問題變得很敏感，但是，我並沒有交男朋友。秋天的時候，附近的神社有小型的廟會，我和社團的同學約好一起去玩，所以也告訴了媽媽。

理惠和華子的成績都很好，所以媽媽從來不會阻止我和她們一起玩。之前媽媽說想要見見她們，就在假日邀請她們來家裡。媽媽一大早就做了散壽司，還去買了蛋糕。可見媽媽真的很喜歡她們，連續對她們說了好幾次，幸奈就請妳們多關照囉，而且還說了令人驚訝的事。

「幸奈的父親在她即將出生時，因為車禍身亡，他以前是K大學的教授。如果幸奈像她爸爸，成績應該會更好，沒想到她卻像幸運考上那所學校的我，所以妳們也要教教她怎麼讀書。」

我之前就知道爸爸出車禍身亡，但第一次聽說他生前的職業。媽媽為什麼現在提這件事？雖然我很在意，但不敢問媽媽。

「是喔，原來幸奈媽媽也是K大學畢業的，好厲害。」

聽到理惠這麼說，媽媽吞吞吐吐地說：「這種事……」但並沒有否認，對她們說：「妳們慢慢玩」，然後就出門買菜去了。

我猜想媽媽內心一定糾結不已。她對我交男朋友的事那麼歇斯底里，可能就是因為自己曾經栽過跟頭。媽媽在二十二歲時生我，我一直以為爸爸的年紀和媽媽差不多。爸爸既然是教授，應該四十多歲，年紀很可能是媽媽的一倍。學生和教授。也許原本打算等媽媽畢業後再結婚，但如果他們是正常的關係，在發現懷孕時，應該就會登記結婚，所以我猜想他們應該是外遇。我從來沒有見過外公、外婆，如果外婆和媽媽的性格很相像，媽媽和別人外遇，外婆一定會和她斷絕母女關係。相反地，如果是正當的關係，即使不至於寵溺變成單親媽媽的女兒，至少也會在必要的時候伸出援手。

可能爸爸和他的元配之間沒有孩子，媽媽為了坐上正宮的位置，有計畫地懷孕，沒想到爸爸死了，那時候已經無法墮胎，無奈之下，只好把我生下來。

如果沒有小孩，或許可以從事更有意義的工作；如果沒有被男人鬼迷心竅……對媽媽來說，生下我是失敗，和爸爸交往也是失敗，所以才沒有詳細告訴我爸爸的事。至於為什麼會告訴大家爸爸因為車禍身亡，是不希望別人認為她是被男人拋棄，才成為單親媽媽，而且在做保險外務工作時，這件事也才不會產生負面影響。

為什麼要把這些事告訴初次見面的女兒同學？看到女兒交到了理想中的朋友，用心招待女兒的朋友固然沒問題，但家裡並沒有其他的房間，無法對那幾個朋友說：「妳們慢慢玩」，就走去其他房間，讓幾個小孩子單獨玩，所以她一定感到很悲慘。我猜想媽媽的娘家家境應該很不錯，所以媽媽用自己小時候的感覺來招待我的同學，但兩者的情況完全不一樣，反而讓同學知道我們住在這麼小的房子，為了挽回面子，所以才說了學歷的事。

雖然我們目前住在這種地方，但絲毫不比妳們遜色。為了維護自尊，媽媽說了之前不曾告訴我的事，聽到滿意的回答後，終於心滿意足，越來越喜歡我的同學，我說要去參加廟會時，也一口答應，甚至還給了我零用錢。

沒想到，下班回家後，發現女兒不在家，擔心地跑去神社察看，半路上遇到了女兒，女兒竟然坐在男生的腳踏車上……

媽媽雖然當場很客氣地向男生道謝，但一回到家，立刻把我推倒在榻榻米上破口大罵。妳這個騙子，不要臉。我一邊哭，一邊向媽媽解釋為什麼會和男生一起回來。我和理惠、華子三個人一起去廟會，到了神社後，剛好遇到吹奏社內幾個愛玩的女生，後來又遇到了她們班上的三個男生，大家就一邊吃著在路邊攤買的炸雞塊和馬鈴薯一邊聊天。但是，我幾乎沒有和男生說話。因為學校規定，去參加廟會要在九點之前回家，所以大家就在那個時間解散了，媽媽遇到的男生剛好和我同一個方向，之所以會坐上他的腳踏車，是因為他要趕回去參加網路遊戲比賽。

「如果妳不相信，可以去問理惠和華子。」

我太天真了，以為只要說出她們的名字，媽媽就會諒解。

「她們不是也和男生一起混到很晚嗎？我原本以為她們還不錯，沒想到看走眼了，以後不許再和她們一起出去。」

媽媽說完，就把我關進壁櫥懲罰我。上鎖？那棟老舊的公寓壁櫥上當然沒有上鎖，但是，在媽媽允許我離開壁櫥之前，我不敢自己打開。你們的表情似乎在問，為什麼我不敢違抗媽媽，當母女相依為命時，就會變成那樣。

不管是週六、週日，還是聖誕節、寒假，我都必須一個人過。理惠她們起初很擔心我，問我為什麼不和她們一起玩，我回答說，因為我要讀書，她們也就接受了，但很可能在背地裡說我那麼用功，成績完全沒進步。

我所有的精力都用在不惹媽媽生氣這件事上，所以沒有察覺正幸發生了什麼事。

聖誕節的隔天，我又在樓梯下看到了正幸。資源回收車每個月都會來公寓的垃圾場回收一次資源垃圾，那天剛好是回收車來的前一天，我走出家門，準備把綑紮好的報紙拿去垃圾場，看到正幸孤零零地坐在那裡。外面飄著雪，他只穿了一件薄薄的運動夾克。

「你在幹什麼？」

我一邊問，一邊走過去，然後差一點叫起來。即使在路燈的微弱燈光下，也可以發現正幸的眼睛都凹了下去，眼球混濁，完全沒有精神。他是不是生病了？

「你媽媽呢？」

我慌忙問他，正幸只是無力地搖著頭。難道他媽媽不在家？這時我才發現，最近很少聽到樓上的動靜。他媽媽該不會一直沒回來？所以正幸餓壞了，瘦得不成人形了。當我的眼睛漸漸適應黑暗後，發現他的臉頰也凹了下去，以前光滑的草莓面孔完全不見了。那絕對不是昨天或是今天沒有吃飯而已，應該很久都沒有正常吃飯了。這時，我終於發現一件事。

之前上學時，還可以靠學校的營養午餐填飽肚子，但現在是寒假。

「你等我一下。」

我把那綑報紙放在地上，立刻轉身回到家裡。雖然我很想讓他喝熱可可亞或是沖一杯熱湯給他喝，但媽媽快回來了。媽媽在冷靜的時候，能夠瞭解正幸所處的狀況，無論我給他吃什麼，都會認為是正確的行為，但媽媽最近有點情緒失控，搞不好覺得正幸也是男生，看到我和他在一起，又要生氣了，所以我決定挑選馬上可以交給他的食物。幸好家裡還有一個甜麵包。是菠蘿麵包。我拿起麵包走出家門，正幸仍然保持剛才的姿勢，坐在原來的位置。

「這個給你吃，不要告訴別人。」

我尤其不想讓媽媽知道。把麵包交給正幸後，我立刻拿起報紙，走去垃圾場。當我把那些報紙放在已經堆得很高的舊報紙上時，聽到背後傳來「我回來了」的聲音。

是媽媽。真的是千鈞一髮。

「我還一直提醒自己不要忘了，妳真乖。」

媽媽心情很好地對我說，把手放在我的肩膀上犒賞我，然後又說：「好冷喔」，繼續把身體靠了過來，我們好像在跑兩人三腳一樣走回房間。樓梯下方已經不見正幸的身影，他可能回家吃麵包了。我悄悄抬頭看著亮了燈的二樓房間。

那天晚上，我躺在被子裡，也一直想著正幸的事。

他為什麼會坐在那裡？是在等媽媽回家嗎？還是打算向別人求助？我猜想應該是後者，我那時候剛好走出去，感覺像是命運的安排。

我在讀中學一年級時，就像其他青春期的孩子一樣，不時會思考自己的存在意義。我無論功課、運動、樂器的技巧和外貌都很普通，活在這個世上真的有意義嗎？有時候半夜很想哭。和媽媽的關係鬧僵之後，更覺得也許我不應該來到這個世界，然後想像著沒有自己的世界，媽媽和她的朋友談笑風生，就很希望自己消失。

我家沒有電腦，我也沒有手機，如果我的生活中有這些工具，一定會無數次搜尋「自殺」這個字眼。

但是，那天晚上，我不再覺得自己是廢物。不懂得向別人撒嬌、求助的正幸之所以會在那裡，而且接受了我的麵包，也許是他真的快撐不下去了。如果我沒有拿麵包給他，他可能今天晚上就死了。

我拯救了正幸，這就是我活在這個世界上的意義。我讓他活了下去，他活下來，也讓我能夠繼續活下去。

不知道正幸帶著怎樣的心情吃那個菠蘿麵包？每咬一口，就覺得甜味在嘴裡擴散，體會著吃東西和生命的喜悅，很不捨地吞下每一口嗎？是不是覺得在絕望中看到了一盞燈光？

刑警先生，如果你們覺得太誇張，代表你們的人生很幸福。

但是，當初因為我讓他活了下來，導致他上個月奪走了三條寶貴的生命。

第一名死者是十七歲的女高中生，她是桌球隊的隊長，很受大家的歡迎，讀書也很用功，希望以後成為藥劑師。

第二名死者是三十四歲的上班族，聽說他上個月剛當爸爸。

第三名死者是五十二歲的家庭主婦，聽說很期待下個月第一次出國去夏威夷旅行。她一直照顧公婆，在終於可以享受自己的人生之際發生了悲劇。這些都是我從週刊雜誌上看到的。

正幸揮舞菜刀，殺了這三個人。目前認為他並不是基於私人恩怨殺害這些人，而是隨機殺人，我也同意這一點。

被害人的家屬如果知道我以前為正幸做的事，一定會痛恨我，為什麼當時不丟著他不管。我忘了是大學的哪一門課，在上課時，老師曾經問學生這樣的問題。

假設手上掌握了切換鐵軌的切換器，有一輛煞車功能故障的列車暴衝過來。其中一條鐵軌上有一名善良的民眾，另一條線路上有五名罪大惡極的罪犯，你必須讓列車駛向其中一條鐵軌，你會怎麼選擇？

簡單來看，就是要選擇人數，還是人性。我當時選擇了犧牲罪犯，而且認為這是理所當然的選擇，根本沒有討論的餘地，卻驚訝地發現有人選擇犧牲善良的市民。雖然少數服從多數，他們輸得很徹底，但他們大聲地表達自己的意見，發表罪犯的人權之類的言論，我當時聽了很不以為然。

但是，如果現在問我相同的問題，而且想像罪犯之一就是正幸，我就無法像當時那樣輕易回答了，甚至很希望可以用自己的身體去阻擋暴衝的列車。

因為雖然鐵軌上的是罪犯，但是我讓他淪為罪犯。

我來這裡，當然不是為了說當年給了他麵包這件事。我犯下的罪，並不是當年給了他麵包，而是沒有負起給了他麵包的責任。

我給正幸菠蘿麵包的隔天，媽媽出門上班之後，我做了飯糰去他家找他。我一整晚都想著正幸的事，豎起耳朵聽樓上的動靜，但沒聽到他媽媽回來的聲音。

我按了門鈴，聽到啪答啪答跑過來的聲音，門用力打開了。正幸的臉雖然沒有恢復草莓的顏色，但已經恢復了生氣。只不過他一看到是我，就失望地低下了頭。他一定以為是他媽媽回來了。

我雙手各拿了一個用保鮮膜包起的飯糰遞到正幸面前，正幸沒有像接受麵包時一樣，立刻接過去。這代表昨晚的麵包已經讓他恢復了自尊心。

「如果你覺得困擾，可以拿去丟掉，但如果你可以不告訴別人，自己吃掉，我會很高興。」

我硬是把飯糰塞進他的手裡，然後就轉身離開了。雖然我很想知道他家裡的狀況，但越是那些把孩子丟著不管的家長，越是會語帶威脅地對孩子說，不管誰來，都不許開門，也不許任何人進來家裡。當偶爾回到家，發現有人來過，就會對孩子破口大罵，完全忘了自己的行為。

只要稍不留神，拯救正幸的行為可能會害死他。而且，我也不想要他對我感恩，所以並不期待聽他道謝，更沒必要花言巧語地引導他說出內心的煩惱，只要把食物交給他就足夠了。雖然我很想送三餐給他，但擔心被其他住戶看到。不光是正幸的媽媽，我也不想讓自己的媽媽知道這件事，所以，我每天只去一次，送給他的食物份量，也控制在可以說是我吃掉的範圍。

但是，我保持距離的態度，反而讓正幸對我敞開了心房。當我第三次去他家時，他對我說：「謝謝。」那天我送給他用微波爐加熱的肉包子，或許是冒著熱氣的肉包子的關係，他的臉頰就像即將成熟的草莓般帶了一抹紅色。我的草莓男孩又回來了。

「你在幹嘛？」

聽到他開口，我很高興，所以也問他。

「做功課。」

「是喔，真了不起。如果有不會的，要不要我教你？」

我並不是不懷好意，覺得差不多可以偷窺他家了。我是獨生女，如果有弟妹，很希望可以教他們功課，所以就直接說了出來。說完之後，我才想到可能會遭到拒絕，所以有點緊張，沒想到正幸露出比接過肉包子時更燦爛的表情點了點頭。

我四處張望後，走進了他家。原本以為他家裡一定衣服亂丟，流理臺有很多沒有洗的碗盤，和發出惡臭的剩飯，沒想到完全沒有這些東西。因為他家裡什麼都沒有，我當然沒有打開冰箱，但廚房內完全看不到零食或是泡麵之類的食物。我頓時感到害怕，擔心他媽媽已經不打算回來了。

我在空無一物的房間內教正幸國文作業。正幸似乎不太會寫漢字，作業本的封面上寫了「黑田正幸」的名字，但可能只需要寫上已經學過的漢字，所以最後的「幸」字只寫了平假名，而且每個字的線和線之間都沒有連在一起，好像隨時會在空中分解。

「正幸，你的幸是哪一個字？」

我問他，他在作業簿的空白處寫了多了一橫的「幸」字。

「和我的名字一樣，我的名字叫幸奈，是幸福的幸，和奈良縣的奈。」

因為我們名字中有相同的漢字，更覺得我們像姊弟了。也許我們上輩子真的是姊弟。

「我們帶著幸福喔。」

我被母親嚴格監視，正幸被他的母親丟下不管，但我們在一起時，會產生也許可以幸福的希望。雖然我很想一直陪他，但最後只是輔導了他不到一個小時的功課。為了不被別人發現我們的關係，能夠長久地在一起，只能有像鋼琴琴弦般的細微交集。隔天我又去送麵包給他，也教了他功課。那天教了他算術。

又隔了一天，我用零用錢買了可以多放幾天的蘇打餅乾之類的食物後去找正幸。因為媽媽在新年假期休假，我不能再去他家了。如果我們可以自由來往，我很想和他一起吃跨年蕎麥麵和新年的鹹年糕湯，但這個願望無法實現。既然這樣，就必須採取更務實的對策，避免正幸餓死。為了讓他能夠稍微開心地迎接新年，我還買了各種點心，正幸說不出有多高興。

雖然我無法和同學一起過聖誕節和新年，但正幸的笑容是我最好的禮物。晚上躺在被子裡，仰望著天花板，只要想到他今天也在樓上活著，就覺得這一天很美好。

正幸的媽媽在一月一日的早晨回家了。上午的時候，我和媽媽一起去之前舉辦廟會的神社新年參拜後，直接去了超市的新年特賣會，看到正幸和他媽媽牽著手。正幸拎著印著男生喜歡的吉祥物的點心禮盒，每走幾步，就會停下來向紙袋內張望的表情，比我之前在他臉上看到的任何表情都幸福。

小孩子無論受到怎樣的對待，都會愛自己的母親。我無法和同學在校外見面很寂寞，但媽媽看了第二學期的成績單稱讚我之後，我就覺得這樣也沒關係。

但是，看到正幸滿臉幸福的樣子，就對他媽媽很生氣。她一直把正幸丟在家裡，難道以為用一袋點心就可以打發了嗎？如果沒有我，正幸搞不好早就餓死了。

妳可能會變成殺人兇手……

這時，我發現了自己犯下的錯誤。正幸的媽媽隔了很久才回到家裡，看到正幸活得好好的，或許會覺得以後把他丟在家裡也沒關係。她就不會反省自己的行為，搞不好下次會更久都不回家。

我真心為正幸感到擔心，正幸的媽媽若無其事地朝我們走來。正幸可能為了遵守和我之間的約定，所以躲在他媽媽身後，完全沒有看我一眼。

「去年承蒙你們的照顧。」

正幸的媽媽面帶笑容地對著我們，尤其對著媽媽鞠躬說道。想到她可能發現了有人送食物給正幸，我不敢看媽媽。

「妳太客氣了，彼此彼此。」

媽媽回答說，我為只是相互拜年感到鬆了一口氣，沒想到正幸的媽媽說出了驚人的話。

「我們月底要搬家了。」

正幸的媽媽的臉頰就像以前的正幸那麼紅，得意地告訴我們，她要再婚了。

「真是恭喜啊。」

媽媽用沒有感情的聲音說道，一聽就知道比剛才拜年時更言不由衷，然後推著我的後背走去賣場的方向。正幸知道搬家的事嗎？不知道他怎麼想？雖然我很想知道這些事，但無法回頭看他們。

回到公寓，即使鑽進暖爐桌看電視，也完全不知道電視在演什麼。正幸要搬家了。如果他媽媽再婚，不再把他一個人丟在家裡，那就不是悲傷的離別，但是，我完全無法這麼樂觀。因為那個男人知道正幸的媽媽這一陣子把他丟在家裡，只要是有常識的人，即使想要享受兩人世界，也會叫她回家照顧小孩子。更何況正幸的媽媽看上去很老實，很可能是那個男人慫恿她做出這麼不負責任的行為。如果正幸和這種繼父住在一起，搞不好會遭到暴力相向。我越想越覺得正幸會遭遇不幸。

如果那個男人也搬來這裡一起住，我可以保護正幸，但如果他們搬到很遠的地方……媽媽甚至限制我出門，我根本沒辦法幫他。

電視中傳來笑聲。我正在看新年的搞笑節目，如果我不笑，媽媽可能會起疑。我偷偷瞄了坐在對面的媽媽一眼，發現她也沒笑。

「完全搞不懂哪裡好笑。」

媽媽說完，轉到了歌唱節目的頻道。我發現媽媽伸手拿桌上的遙控器時，看了天花板的方向一眼。媽媽聽到正幸的媽媽再婚的事，可能也不太高興。

「算了，無所謂啦。」

媽媽不知道是對電視，還是對樓上說了這句話。這時，某種想法像電流一樣貫穿了我的身體。只要正幸的媽媽搬走，媽媽也許會變回以前的媽媽，不會那麼在意男人的事，我們也許可以過平靜的生活。

我或許可以得到解脫。

在內心充滿期待的同時，也覺得有這種想法的自己很沒出息。只要自己幸福就好了嗎？正幸只是為了安慰、激勵不幸的我而存在嗎？我不是應該思考，如何才能夠讓我們兩個人都得到幸福嗎？

不知道能不能打聽到他們要搬去哪裡？

我悶悶不樂地想著這些事，很快就開學了，正幸搬家的日子一天一天逼近，但發生了一件意想不到的事，消除了我的煩惱。

正幸的媽媽遭到隨機殺人的兇手攻擊，臉部受了重傷。臉頰和額頭被劃了好幾刀的新聞不僅讓左鄰右舍議論紛紛，甚至在學校也被視為一起重大事件。而且兇手沒有抓到，更增加了大家的好奇心。理惠和華子原本在學校也漸漸和我疏遠，得知被害人和我住在同一棟公寓，立刻好奇地問我，被害人是怎樣的人。我當然沒有告訴她們，是會把兒子丟在家裡不管的女人。

我只是含糊地回答，我也不太清楚，更何況我真的不清楚事件的詳細情況，只看到正幸的媽媽滿頭繃帶，好像木乃伊一樣。那一陣子，我經常看到正幸拎著裝了速食食品的塑膠袋回家，想到他賣力地照顧母親，我不由得感動起來。

有時候覺得正幸的媽媽是因為把正幸丟在家裡而遭到了天譴，同時也為正幸不會餓死感到鬆了一口氣。

同年級的女生都很擔心會被陌生人用刀子攻擊，但不久之後，就聽說兇手是一個女人，是出於怨恨行兇。學校的同學覺得和自己無關，也就漸漸不再討論這件事。原來正幸的媽媽決定再婚的對象還同時和其他人交往，那個女人攻擊了正幸的媽媽。

「所以才會對著臉下手啊。」

理惠一臉很瞭解狀況地說道。不知道兇手的計謀是否得逞了，月底之後，正幸和他媽媽仍然沒有搬走，那個男人也沒有再上門。

但是，正幸並沒有因此變得幸福。偶爾看到他媽媽時，她總是好像喝醉酒一樣搖搖晃晃，拆除繃帶之後，臉頰上仍然留下了很大的傷痕。不知道是不是不願意頂著那張臉出門，正幸放學回家時，總是拎著超市的塑膠袋。

「你採買很辛苦吧？」

有一天，我在公寓門口遇到正幸時問他，正幸沒有說話，只是搖了搖頭。我探頭向塑膠袋內張望，發現裡面有巧克力等零食，所以稍微放心了。

「如果有什麼困難，隨時告訴我。」

雖然我對他這麼說，但在我的內心，或許覺得問題已經解決了，所以無法百分之百地為正幸擔心，正幸應該也察覺到，並不是我們兩個人一起得到幸福。

於是，正幸決定復仇。

正幸和他媽媽雖然沒有搬家，但樓上不再傳來男人的動靜，應該說是性行為的動靜後，我的一絲期待成真，媽媽不再嚴格管教我。雖然她仍然禁止我交男朋友，也不能和男生一起出去玩，但同意我和理惠、華子這些女生去玩。

這樣已經夠幸福了，沒想到剛升上二年級時，同一個社團的男生就向我表白，我們開始交往。我當然非常小心謹慎，以免被媽媽察覺，我這輩子交往的第一個男朋友名叫白井光喜，在吹奏樂社團內吹長號，並不是很引人注意，但是一個溫柔貼心的男生，所以才會關心我突然不和大家一起玩這件事。他說如果在社團活動時有什麼不開心的事，希望我告訴他，我不可能告訴他有關媽媽的事，更何況那件事也已經解決了。

但是，在我們在一起時被人看到之後，又再度回到了以前的拘束生活。既然這樣，不交男朋友就沒有問題了，只不過那時候的我或許覺得必須隱瞞這件事充滿了刺激。如果媽媽願意接受我和男生交往，即使白井向我表白，我可能也會因為覺得他不是很活潑開朗的男生而婉拒。從這個角度來說，其實對象是任何人都無所謂。

幸好我們在同一個社團，不需要打電話約時間，所以也不需要在媽媽面前偷偷摸摸。媽媽的保險外務區域是在鄰町，只要不在她的通勤區域出沒，就不必擔心會被撞見。但畢竟我們只是中學生，約會也只是去超市的美食區或遊戲區而已，我現在甚至完全想不起來當時聊了什麼。有時候經常和吹奏樂社的其他同學在一起，我們兩個人單獨見面的次數屈指可數。

雖然我們並沒有經常見面，但媽媽還是發現了我和白井交往的事，而且完全沒有任何預兆。因為制服換季，我把夏天的制服拿出來時，媽媽剛好下班回家，我就順便向媽媽要錢，打算買新的內衣。我讀的那所中學，女生要穿水手服的制服，裡面穿T

恤或背心作為內衣，一年級時規定只能穿白色，但從那一年開始，也可以穿黑色。因為隔著制服看不到內衣的顏色，所以理惠和華子都說要去買黑色，我也想穿黑色。

「妳竟然有臉說這種事。」

媽媽的眼神和語氣都很冷漠，即使我澄清只是買背心，媽媽的表情也沒有改變，只是我搞不懂為什麼我只是要買內衣，媽媽卻對我說這種話。

「幸奈，上個星期五放學後，你和誰在一起？」

我立刻渾身僵硬，腋下冒著冷汗。那天，我和白井兩個人去了超市的美食區，因為我們約好要一起去吃剛推出的刨冰。

「和社團的同學一起。」

「理惠她們也一起嗎？」

我默默點了點頭。

「不要說謊了，妳和男生單獨在一起，媽媽都聽說了。」

「聽誰說的？」

有人向媽媽告狀。

「這不是重點！」

媽媽大聲怒斥的聲音中，似乎帶著一絲「慘了」的懊惱。媽媽在工作上或許人面很廣，但那些人並不認識我。公寓的人雖然認識我，但和媽媽並沒有熟到會向她告狀。

這時，我猛然發現了一個重大的事實。我不是認識一個經常提著那個超市的塑膠袋的人嗎？就是正幸。但是，他看到我和男生在一起，會向媽媽告狀嗎？不，正因為是他，才會這麼做。我們兩個人應該齊心協力，努力生活，但他看到我和其他男生在一起，一定覺得我背叛了他。

媽媽叫我告訴她男生家的電話，我移開視線說，我不知道他的電話，媽媽拿起電話，揚言說要打電話到學校，說我們有不正當的交友關係，我無可奈何，只好把吹奏樂社的通訊錄交給媽媽，指著白井的名字說，就是這個男生。媽媽直接打了電話，白井似乎去補習班不在家，媽媽就對著白井的媽媽說了很多過分的話。

「請問府上是怎麼教小孩的？萬一出事的話，要怎麼負責？」

我們連手都沒牽過，怎麼可能有什麼萬一？我的眼前發黑，不知道隔天要怎麼去學校。真希望有炸彈炸掉學校，希望明天醒來，就是世界末日。在我胡思亂想這些事時，媽媽仍然對著電話破口大罵。

「請問妳先生是哪一所大學畢業的？……啊喲，竟然是這種連名字都沒聽過的學校，難怪無法好好教兒子。」

別再說了！我衝出門外。我想要逃去遙遠的地方，逃到媽媽追不到的地方，但是，我不知道該逃向哪一個方向，所以只能躲起來。我走到樓梯下方，發現那裡已經有人了。

是正幸。我不知道他為什麼會在那裡。他媽媽又沒有回家嗎？還是他被趕出來了？他和媽媽吵架了嗎？但是，我覺得這些事都無所謂，因為那一刻，我比他更加不幸，而且不幸的原因是正幸造成的。我想要責怪他，想要痛罵他一頓。內心雖然這麼想，但一看到正幸的臉，眼淚忍不住先流了出來，我只能無力地坐在他身旁。正幸默默靠近我，似乎想要安慰我。

「幫幫我……」

我抱著膝蓋，低著頭，費力地擠出聲音說道。

「幫幫我，我之前不是也幫過你嗎？這次輪到你要幫我。」

正幸沒有回答。這時，一樓房間的門打開了，媽媽叫著我的名字。無論多麼痛苦，我都只能回去她的身旁。

「對不起，忘了我剛才說的話。」

我對正幸說完這句話就回家了。媽媽可能說完了想說的話，也發洩了內心的壓力，所以沒有再罵我。

「這個世界靠的是運氣，只是運氣不好，才會上奇怪男人的當。」

這是我聽到媽媽說的最後一句話。那天晚上，公寓發生了火災。起火點在正幸的家，據說是因為他媽媽抽菸不小心引發了火災，但我覺得可能是正幸縱火。因為就在我拜託他的同一天發生火災，不是很奇怪嗎？

他明知道他媽媽會被追究罪責，但還是救了我。最好的證明……

半夜，我清楚聽到窗外傳來正幸叫我「姊姊」的聲音。我以為自己在做夢，昏昏沉沉地左右張望，發現天花板燒了起來。我慌忙衝出窗外，在不顧一切地逃出窗外後，才想到要救媽媽，跑到窗邊大叫著：「媽媽，媽媽。」但媽媽始終沒有醒來。事後我才知道，媽媽吃了安眠藥，不光是那天晚上而已。媽媽長期去身心科就醫，第一次去身心科的時間，差不多就是正幸的媽媽帶男人回家的時候。媽媽也發現自己的精神狀態出了問題。

如果媽媽告訴我，她當時在看病，我或許能夠對媽媽更加寬容，或許會告訴自己，在媽媽的病情好轉之前，會聽她的話，不交男朋友。這樣一來，就不會向正幸求助，媽媽也許就不會死於非命了……

公寓的火災除了媽媽以外，正幸的媽媽也不幸身亡了。

啊，我說出這種事，只會讓正幸殺人的人數增加，但是，有一半是我的過錯。

公寓全都燒毀了，媽媽也死了，我被送去孤兒院。由於孤兒院在鄰町，所以我也轉學了，不需要再和白井、理惠和華子見面，正幸也算是幫了我的忙。

那天之後，我就沒有再見過正幸，聽說他住去遙遠的親戚家，我以為再也見不到他了。

我只希望他能夠幸福。我內心隨時有這種想法，正因為這樣，所以和他擦身而過時，我立刻認出了他。

那是上個月的事。我去車站前的電器行買新的吸塵器，在門口和一個似曾相識的男人擦身而過。雖然他臉上沒有光澤，但紅色草莓般的臉頰將我的記憶倒轉回當年。

「正幸！」

我對著他的背影叫道，他停下腳步，轉過身。我從他臉上的驚訝表情知道，他也認出了我，這件事不知道讓我有多高興。

「你還好嗎？」

我應該注意到，即使我問他，他也沒有回答，但我見到他實在太高興了，所以只顧著聊自己的事。

「我之後的生活，雖然不能說完全不辛苦，但也活得好好的。對了，我目前在微笑麵包廠工作，就是那個菠蘿麵包的工廠。薪水很低，生活不太能奢侈，但我今天要來買吸塵器。其實我有了男朋友，他說改天要來我家裡玩，所以我想要把家裡打掃乾淨。對了！」

我從皮包裡拿出記事本，撕下一張，寫下手機的號碼後遞給正幸。

「正幸，如果你不嫌棄，也可以來我家玩。」

我不知道他應了一聲「喔」，還是回答「嗯」。雖然我沒聽清楚，但正幸接過了那張紙，然後塞進了牛仔褲的口袋，舉起一隻手向我道別。

我一直目送著正幸的背影，那個矮小的男生，我心愛的草莓男孩已經長得比我更高，變成了成年男人。因為有我，才會有他；因為有他，也才有我。

我當時應該追上去，告訴他這種想法。

一個星期後，他在那家家電行，在遇見我的地方揮刀殺了三個人，導致十二人受傷。

他的生活並不幸福，我卻告訴他，自己過得很幸福，而且還說自己有男朋友了。妳不想想是拜誰所賜，才有今天的幸福！經過了這麼多年，他一定覺得我再度背叛了他。

也許他並沒有把我當成姊姊。我們相差五歲，在當年並不會把對方視為戀愛的對象，但現在的年齡完全可以相愛，為什麼和他重逢時，我沒有想到這件事？

當遭到唯一的心靈支柱背叛時所感受到的絕望，讓他做出了這麼兇殘的行為。

一切都是我的罪過。

全都是我的錯。

請不要懲罰他，應該懲罰我——

＊

——她是誰啊？

當告訴黑田正幸，天野幸奈曾經來過時，這是黑田說的第一句話。看起來不像是裝糊塗，而是真的不記得這個名字。

如果把錄下幸奈談話的錄音帶播放給喜歡電視劇的老婆聽，她一定會覺得很有趣。我在播放錄音帶給黑田聽時這麼想道，聽完之後他再度問了有關天野幸奈的問題。

——原來是那個噁心的女人。

黑田咕噥道，然而開始訴說自己的身世。他原本打算保持緘默，但聽了幸奈的證詞，似乎覺得有幾個地方非反駁不可。

黑田的證詞簡單歸納如下：

●黑田的母親從來沒有把他一個人丟在家裡，因為樓下的住戶，也就是天野幸奈的母親不停地打電話騷擾，所以他母親只能不發出任何聲音和動靜過日子。

●黑田母親的交往對象很疼愛他。

●黑田的母親除了臉部受傷，公司還多次收到母親和她交往對象虐待兒童的告發信，導致母親的交往對象無法承受沉重的壓力，最後解除了婚約，才會讓原本溫柔婉約的她性情大變。黑田的母親認為是幸奈的母親幹的。

●黑田並沒有向幸奈的母親告狀說，她和男生在一起。

●黑田縱火燒房子，是因為無法承受母親的暴力，和天野幸奈完全沒有關係。
●雖然記得在電器行遇到幸奈的事，但他沒有發現是幸奈，以為是腦筋有問題的女人突然找他說話，的確因此感到很火大。

最後，黑田說自己的犯案動機是「對倒楣的人生感到厭倦」。雖然這種荒唐的動機讓人難以苟同，但他的人生運氣的確不好。

他的噩運應該也包括遇到了天野母女這件事。

善良老實人

×日晚上九點多，位在N縣N市的「自然森林公園」的管理員，在烤肉廣場發現了奧山友彥（25歲）的屍體。奧山胸口和腹部連中數刀，警方正在向當時和奧山一起在烤肉廣場的女性友人（23歲）瞭解當時的詳細情況。

證詞1　母親

友彥從小就很乖巧，也沒有明顯的叛逆期，個性溫和，我雖然是他媽媽，卻從來沒有聽過他大聲說話。他不會強烈表達自我主張，身為母親，有時候難免為他感到著急。在社區舉行兒童活動時，不是都會發點心給小孩子嗎？如果全都是相同的點心，就不必急著去搶，但通常都會準備同一個品牌的幾種不同口味的點心，像是鹽味、清湯口味或是海苔鹽味的洋芋片之類的……其他小朋友都爭先恐後去搶，我兒子總是排在最後面。即使問他，是不是想吃別的口味？他也笑嘻嘻地回答，他本來就想吃這種。

雖然很擔心他是否能夠適應競爭的社會，但他功課很好，再加上很會用電腦，所以進了ＩＴ產業一家知名的公司。小時候他從來沒有帶同學回家過，但進公司之後，有時候會聊起同事的事，所以我還有點寂寞，覺得以後真的不需要再為他操心了。

怎樣的朋友？曾經有一個網友寄了鮒壽司給他。他笑著說，他們說好要相互寄有臭味的食物，他寄了臭魚乾給網友。現在很懷念那天和我老公，還有友彥三個人一邊吃著鮒壽司，一邊喊臭的熱鬧情景。他和公司的同事也很好，有一天，有一大包他網購的東西送到家裡，裡面是烤肉的道具。他在專心拆開包裹時告訴我，他們公司的幾個年輕人要一起去烤肉。不知道是否是因為運動能力不強的關係，他假日也幾乎都在家裡，之後興致勃勃地告訴我們在山上的事，沒想到，竟然在烤肉區發生那樣的事……

在明確感受到兒子長大的同時，我開始想要抱孫子。我很希望兒子娶一個可愛的媳婦，所以好幾次託朋友安排相親，但都沒有成功。最大的原因就是我兒子笨嘴拙舌，又不夠強勢。像友彥這樣的男生要在結婚之後，才能夠充分體會他的優點，但現在的女生都只想到眼前的快樂，喜歡能言善道的男人，但是，我在這方面倒是沒有太著急，因為現在的年輕人都晚婚，而且像友彥這樣的孩子，稍微有一點年紀之後，更能夠襯托出他的優點。

所以，當友彥告訴我們，他想要帶女朋友回家時，我驚訝得懷疑自己在做夢，以為自己聽錯了。我問他是怎樣的女孩子，他說是很乖巧的女生。那個乖巧的孩子說對方是乖巧的女生，我太開心了，覺得他終於遇到了好姻緣。他還給我看了用手機拍的照片，我也覺得是一位可愛的小姐。

沒想到，那個女人，樋口明日實……是一個像惡魔般的女人。

＊

我成為殺人命案的嫌犯接受審判時，我媽媽流著淚在法庭上作證說，不知道我為什麼會做出這麼可怕的事。她從來不曾要求我功課或是體育在班上要得第一名，只希望我是一個體貼善良的孩子，這是她唯一的心願。

我媽媽的證詞沒有錯。最遙遠的記憶，是我讀幼兒園的時候。

我住在集合住宅，每天早晨，必須和住在同社區的其他小孩一起去幼兒園。附近的公立幼兒園只有大班和小班，同一個社區有十個孩子都讀那所幼兒園，每天由兩名家長輪流當導護媽媽，送所有小孩一起去上學。家長分別在隊伍的最前面和最後面，小孩子排成兩列。不知道是否是為了避免走在外側的孩子突然衝去車道，還是沒有什麼特別的理由，反正就是這樣規定，總之，每個小孩都要和旁邊的小孩牽手。集合住宅到幼兒園的距離大約八百公尺，小孩子走路需要十五到二十分鐘，但當時我覺得比一個小時更長。

上幼兒園的第一天，大班學生的媽媽說，她來決定隊伍的順序，讓大班和小班的學生分別按個子高矮排好隊。個子矮小的我和平時就很要好的夏樹牽手，沒想到後方傳來大哭的聲音。同是小班的唯香不想和大班的幸直牽手，哭了起來，說想要和夏樹牽手。這時，原本站在遠處看著我們的媽媽走上前來。

「明日實，那妳跟唯香換。」

媽媽說話時，從來不會用徵詢的語氣，而是用命令式。無論語氣再怎麼溫柔，都還是命令，當時我以為大人都用這種方式說話。

「這……這樣好嗎？」

唯香的媽媽一臉歉意地問，媽媽露出得意的表情說：

「因為我平時就教明日實，對任何人都要包容。」

幸直的媽媽聽到這句話，可能會很火大，但如果真的會火大，就應該在集合之前，幫幸直把鼻涕擦乾淨。幸直很胖，鼻子下方不是垂著鼻涕，就是閃著已經乾掉的白色鼻涕。

我也想和夏樹牽手。我還來不及說這句話，唯香就擠到我和夏樹之間，緊緊握住夏樹的手不肯放開，我只好走到隊伍的最後面。唯香沒有向我道謝，只是瞥了一眼她媽媽，滿意地點了點頭。沒關係。我向幸直伸出手，他不屑地說：「呿，女生喔。」然後好像在摸什麼髒東西般拎起我的手。

「那我就忍耐一下。」

幸直用大家都聽得到的聲音說完後，用力握緊了我的手。

他的手又熱又溼，但並不至於讓我厭惡得想要哭。反正又不是一整天都要和他牽手，也不是要和他一起去做什麼事。雖然鼻涕很髒，但他手上沒有沾到鼻涕，更何況我從幼兒園放學回家時，媽媽買了我最喜歡的泡芙犒賞我。只是換一個人牽手上學，就有這麼棒的事，我覺得根本是小事一樁。

那天之後，我和幸直每天都理所當然地牽著手去上學。因為路程不短，所以也會聊幾句。因為他問我：「妳喜歡哪一隻寶可夢？」我回答說是皮卡丘，他就開始叫我「明日丘」。我一點都不喜歡這個綽號，但因為並不是罵我，所以我也沒有要求他不要這麼叫，也沒有問他：「幸直，你喜歡哪一隻寶可夢？」我記得幸直之前好像提出要求，要我用那個名字叫他，但因為我一直沒有機會叫他，所以也忘了，他也沒有因為我沒有叫他而抱怨。

下雨的時候必須撐傘，所以不用牽手，所有人都排成一行走去幼兒園。我總覺得下雨的日子，我就會很開心，但並沒有意識到是因為不需要和幸直牽手。天氣越來越熱之後，幸直的手不只是溼而已，而是完全因汗水溼透了，但在我感到不舒服之前，就放暑假了。當天氣變涼後，幸直的鼻涕就會增加，我覺得很髒，就遞上新的寶可夢面紙給他說：「要不要擦一擦鼻涕？」幸直很不高興地接過面紙，拿出一張擦了擦鼻子，然後把用過的面紙和還沒有用完的那包面紙一起塞進了口袋，冷冷地說：「這樣就好了吧。」我默默點著頭，很後悔剛才不應該把整包面紙都遞給他，而是抽一張給他就好。回到家之後，媽媽發現衣服口袋裡的新面紙不見了，問我面紙怎麼不見了，我回答給了幸直後，媽媽又稱讚我。

只要我善待他人，媽媽就會稱讚我。我雖然很高興，但並不想要以後對幸直更好。

當天氣更冷時，我都會戴手套去幼兒園，所以完全不在意幸直手上流不流汗了。雖然他每三天，就會流一次鼻涕，但他通常會在出門之前擦鼻涕，看到他鼻子下面擦得很紅走在寒風中時，會覺得很痛，就不再嫌他髒，反而覺得他很可憐，也不會再要求他擦鼻涕了。

在即將滿一年的二月底，有一天，我感冒了。即使幼兒園內感冒或腸胃炎流行，我也從來沒有被傳染，幾乎很少生病，所以現在長大之後，只要稍微發燒，或是腦袋有點昏沉沉，心情就會很差。那一天早晨量體溫，是三十六點八度。因為剛好是發全勤獎獎狀的日子，所以決定還是去幼兒園。那天雖然不是媽媽當導護媽媽，但她陪我一起去上學。我理所當然地以為會和媽媽牽手，媽媽卻讓我排在隊伍最後面，對我說：「媽媽就在後面。」

「我不要……」

我對著轉身準備走去後面的媽媽說道。如果媽媽不和我牽手，我走不動。我的淚水撲簌簌地流了下來。

「明日丘？」

幸直戰戰兢兢地探頭看著我的臉，一臉擔心地牽起我的手。那天的天氣應該很冷，但我們兩個人都沒有戴手套。自己發燙的手和幸直熱熱的手握在一起很不舒服，我立刻甩開了他的手。

「我不要！」

這一次，我對著幸直大叫，幸直的臉漸漸脹得通紅，我正感到害怕，他用雙手用力推我，我一屁股坐在地上，放聲大哭起來。媽媽跑過來，讓我站了起來，輕輕拍了拍我褲子上的灰塵。媽媽的這個動作就讓我很高興，但受到雙重打擊的我，期待聽到媽媽的安慰。沒事吧？會不會痛？只要簡單的問話就夠了。

「幸直，對不起，明日實今天感冒了，所以有點亂發脾氣。」

媽媽竟然向幸直道歉。幸直的媽媽除了自己當導護媽媽的日子外，不會來集合地點，所以，我原本以為媽媽會直接數落幸直，沒想到她竟然向推倒我的人道歉，我完全搞不清楚狀況。長大之後才知道，她是為我拒絕了幸直道歉，不，是因為周圍有其他大人，所以媽媽才用這種方式彌補。但是，五歲的孩子身體不適時，把內心的話直接說出口，有這麼不應該嗎？幸直一邊吸著鼻涕，一邊放聲大哭起來。

「明日實，妳趕快說對不起。」

媽媽半強迫地壓著我的頭，我只能邊哭邊說：「對不起。」幸直用手臂擦著眼淚和鼻涕，狠狠地瞪著我。媽媽沒有看到幸直的表情，對著周圍的大人露出親切的笑容說：「今天還是請假好了。」然後牽著我的手回家了。雖然回家之後並沒有罵我，但在說：「趕快換睡衣去睡覺」時的語氣明顯很不高興。我反省自己，那是因為我待人不夠親切。不，我真的有反省嗎？好像只覺得很難過，所以躲在被子裡哭了很久。

隔天，我提心吊膽地走去集合的地方，很擔心幸直還在生氣，結果沒看到幸直。快到集合時間時，幸直的媽媽出現了，告訴大家說：「幸直不喜歡集體上學，我騎腳踏車載他去。」幸直的媽媽離開時，不悅地嘀咕著「只剩下沒幾天了……」。我的媽媽微微鞠躬說：「對不起。」

因為少了一個大班的學生，所以我和唯香一起牽手上學，夏樹一個人走。當我們戴著手套的手牽在一起時，唯香問我，感冒好了嗎？昨天有沒有看魔法少女？我看了，我看了。我興奮地回答，內心很希望一開始就和唯香牽手……這時，看到幸直媽媽載著幸直的腳踏車超越了我們的隊伍。幸直把頭靠在他媽媽的背上，似乎想要遮住自己的臉。唯香看著他的背影說：

「明日實，都是因為妳不乖。」

媽媽和其他在集合地點的人應該都這麼想。幸直在從幼兒園畢業之後，都沒有再和大家一起上學。

證詞2 老師

我是奧山友彥三年級和六年級的級任導師，我對他的第一印象，就是覺得他很安靜。上課發問時，他應該從來沒有主動舉手回答過。如果只叫積極舉手的學生回答，就會變成只有老師和五名學生上課的狀況，所以，當問題很簡單時，我會請沒有舉手的同學回答。當點名友彥回答時，他雖然會站起來，但經常滿臉脹得通紅，擦著額頭上的汗水。我感覺他明明知道答案，只是成為眾人的焦點時，腦筋就一片空白，但他還是結結巴巴地說出了正確答案。所以，我覺得他很容易緊張。

他的運動能力也不強，但似乎並不討厭運動，在運動會上跳舞時，他都樂在其中，只是躲避球就有點不在行，他好像很不願意用球去丟別人。在內場時，只顧著逃；來到外場時，即使球傳到他的手上，他也都把球交給隊友。我們學校用的不是以前那種硬球，而是改用軟球，但即使告訴他，「被球打到也不會痛，可以用球用力丟敵隊的隊友」，他就會露出為難的表情。他真的是一個很善良的孩子。

在課業方面，我完全不擔心他，只是很在意他在休息時間經常一個人。午休時間，都會要求全班或是小組一起行動，避免有學生落單，但不可能連課間休息時間也一一規定。要求小組的同學一起去上廁所不是很奇怪嗎？當然，也有其他學生下課時間也都一個人，但是，一個人看書，和露出羨慕的眼神看其他同學開心聊天，是兩種完全不同的情況。友彥屬於後者，但並不是同學排斥他。我們的學校對學生積極進行道德教育，雖然有因為家庭因素而拒學的學生，但應該完全沒有因為霸凌等校內問題而拒絕上課的學生。友彥只是不好意思開口要求「讓我加入你們」。也許他曾經鼓起勇氣說過，只不過他很害羞地說這句話時，那些正在大聲說話的同學可能沒有聽到，他以為別人不理他，內心受到了傷害，之後就不敢主動接近了。我認為應該屬於這種情況。對教師來說，推測能力很重要，現在有越來越多年輕老師缺乏想像力，無法事先察覺可能會發生的事。

我並沒有要求友彥努力融入同學，對普通的學生來說很輕鬆的一件事，對敏銳的孩子來說，要求他們主動採取行動，就像是拿著刀子逼迫他們。我決定從中心集團內挑選一個學生，伸手拉友彥一把。不能挑選那種誤認為自己被老師特別挑中的學生，如果是團體內的小霸王，也會讓友彥有心理壓力，所以人選很難決定。必須很穩重，而且心地很善良，我挑選的學生果然挑對了，友彥加入團體之後，臉上總是帶著燦爛的笑容，當我六年級再接他們的班級時，已經完全不需要為他擔心了，他在上課時，也有好幾次都主動舉手回答問題。
這個孩子已經沒問題了。我帶著這種心情送他畢業……對教師來說，聽到自己的學生比自己更早離開人世，是最痛苦的事，而且是被人殺害。那麼善良的孩子，到底有什麼理由要遭到殺害？聽說兇手是他正在交往的女朋友，如果我可以為友彥介紹女朋友的話……
事到如今，即使為這種事後悔，也已經沒有用了。

*

好像是小學四年級的時候，因為按照男女生混合名冊排座位而坐在我後面的男生修造可能體質很虛弱，每兩個星期就會嘔吐一次。每次都是在吃完營養午餐，開始上第五節課後不久。「食物過敏」這個字眼目前很普及，如果現在遇到相同的情況，會覺得也許這不是挑食的關係，而是營養午餐內有什麼和他身體不合的食材，只是他自己和家長都沒有察覺而已。總之，當時完全沒有想到這種可能性，也可能是因為當時班上的重點放在如何收拾他嘔吐後的殘局，沒有人去瞭解他嘔吐的原因。

第一次發生時，我一下子搞不清楚狀況。在上課時突然聽到「嗚呃、嗚呃」像青蛙叫的聲音，然後聽到喉嚨發出的「咕噗」聲音，立刻聞到一股臭酸味。鄰桌的女生尖叫著站了起來，坐在我旁邊的男生可能以前也和修造同班，皺著眉頭嘀咕了一句：「又來了。」

「誰去拿抹布過來。」

當老師這麼說時，有三個女生馬上站了起來，抱著抹布和水桶走到修造的座位旁。老師可能事先就知道修造的體質，所以走到修造的座位旁時，已經戴上了橡膠手套，要求拿抹布來的學生把地上擦乾淨，那幾個女生只能徒手擦了起來。

「明日實，妳也一起來幫忙。」

愣在座位上的我被老師點到名，慌忙拿起抹布，和其他同學一起擦拭地上的嘔吐物。修造鄰桌的女生哭了起來，我鄰桌的男生幫她把桌子搬到遠處。老師沒有叫那個男生幫忙，我也不覺得有什麼問題，但內心很佩服那幾個坐得很遠，跑過來幫忙的女生。她們都是在第一學期想要當班長的學生，班長千沙跑得最快。千沙是全班最聰明，也最能幹的學生。

老師在放學前，請今天幫忙打掃嘔吐物的女生站起來（當然也包括我），當著全班的面稱讚了我們。

「修造嘔吐的時候，有很多同學說很髒、很臭，也有很多同學皺起了眉頭，但嘔吐是沒辦法的事，大家在去遠足搭遊覽車時，也可能會反胃；身體不舒服時也可能會嘔吐，所以可以好好想一下，如果自己嘔吐時，別人也用這種態度對待，自己會有什麼感受。老師覺得立刻採取行動的同學是能夠為他人著想、善解人意的人，老師希望全班同學都能夠有這份體諒他人的心。」

老師說完後用力鼓掌，同學也都跟著鼓掌，但那只是嘔吐物打掃員的認定儀式，之後並沒有其他同學跟進。而且在抽籤第一次換座位時，抽到修造旁邊座位的女生哭喪著臉對老師說，她視力不好，想要坐在第一排。她和修造並不是坐在最後一排，而是第三排，很明顯是不想坐在修造旁邊。我坐在靠走廊的第一排，而且是第一排的學生中個子最矮的，但老師從走廊這一側看到陽臺那一側之後，又把視線移回了走廊這一側對我說：「明日實，妳跟她交換座位。」並非因為第一排的其他學生沒有戴眼鏡，只是我是第一排中唯一的嘔吐物打掃員。

「好。」

我立刻開始換座位，千沙也幫忙我搬東西，她瞥了一眼和我換座位的同學，小聲地說：「好過分喔」，但我不置可否地笑了一笑而已。那個同學討厭修造，我雖然不喜歡修造，但不至於討厭到能夠當著全班同學的面對老師說，我不想坐在修造旁邊。而且，如果原本坐在很帥的男生旁邊，可能會覺得有點可惜，幸好原本坐在我旁邊的也只是一個很普通的男生，更何況班上根本沒有任何我想要坐在他旁邊的男生，全班男生都很沒出息，都聽千沙的指揮。

相反的，我覺得這樣反而比較好。既然被認定是嘔吐物清掃員，即使座位離得再遠，只要修造嘔吐，就必須衝到他的座位旁打掃。我向來不喜歡表現得很積極，也不希望被推選為班長，更討厭被人在背後議論我愛現。如果坐在修造旁邊，別人就不會這麼覺得。那天放學後，老師特地叫住了我，對我說：「請妳好好照顧修造。」

打掃嘔吐物這件事，只要習慣之後，就不會有太多想法。老師為我們準備了兒童橡膠手套放在打掃用品中，打掃之後，不是用放在洗手處的綠色消毒肥皂洗手，而是用老師從家裡帶來的、有薰衣草香味的香皂洗手，還用消毒噴霧為我們噴手和身體。即使這樣，很多同學仍然覺得很髒，但千沙不允許她們這麼說。

修造從來沒有向我們道謝。因為他每次嘔吐之後，就立刻去了保健室，當天就直接回家了，我猜想他可能覺得隔天特地道謝很丟臉。我不知道是因為他經常嘔吐的關係，還是即使沒有嘔吐的問題，他本來就是這種個性。總之，他很害羞，嘴也很笨，是一個很老實的同學，上課時，從來沒有舉手發言，下課的時候，總是看著教室後方的泥鰍水族箱。我只看過他笑過一次而已。美勞課的時候，老師要求大家用紙黏土做自己喜歡的動物，我正在做貓，停下手的時候，轉頭看了旁邊，發現修造竟然做泥鰍。原來他這麼喜歡泥鰍。我發自內心地感到驚訝，為了避免被他發現我的想法，我慌忙對他說：

「泥鰍真可愛。」

修造露出滿面笑容點了點頭。

我並沒有告訴媽媽，我在學校擔任嘔吐物清掃員的事。因為我通常都在吃飯的時候和媽媽聊天，我擔心在吃飯時說嘔吐的事會挨罵。但是，媽媽去學校參加第一學期的親師懇談會回家後心情很好，除了泡芙以外，還買了草莓蛋糕。媽媽說，老師告訴她嘔吐物清掃員的事。

「媽媽為妳感到驕傲，第二學期也要好好照顧修造。」

我忘了自己當時怎麼想。唉，原來第二學期還要繼續。我猜想自己雖然並不覺得那是一件高興的事，但應該不至於覺得很討厭。

第二學期的第一天，老師把自己製作的座位表發給每一個同學。

「第一學期時，老師還不太瞭解各位同學的個性，所以用抽籤的方式決定座位，第二學期，老師安排了對每個同學都最好的座位。」

修造又坐在我隔壁。正確地說，是嘔吐物清掃員都坐在修造的周圍。你功課做好了嗎？老師規定午休時間要大家一起去教室外面玩，修造，你也不要一直坐在教室裡。看到其他同學照顧修造的樣子，打掃嘔吐物只要兩星期做一次，實在很輕鬆。在選班幹部和班長時，也沒有同學推選我。因為沒有人舉手，所以就由我和修造一起負責飼養泥鰍。飼養泥鰍也只要和修造輪流餵飼料和換水就好，所以也很輕鬆。雖然有同學覺得泥鰍很噁心，但我敢徒手摸泥鰍，而且忍不住懷疑自己摸到的感覺，和那些討厭泥鰍的同學摸到的感覺是否不一樣。

事件發生在第二個學期開學後一個月，十月的某一天。上完第二節體育課回到教室後，千沙大聲叫起來：「什麼意思啊！」有人用黃色粉筆在她的課桌上寫了「去死！」這兩個字。嘔吐物清掃員的課桌上都寫了字，其他兩個人的桌上寫了「白痴」、「醜八怪」，我的桌上寫了……「喜歡」。太過分了，誰幹的？班上的同學都議論紛紛，老師衝進了教室，第三節課臨時改成了班會課。

調查之後，很快就查出是誰幹的。是修造寫的。他因為身體不舒服，在一旁看大家上體育課，下課之後，比大家先回到教室。隔壁班的很多學生都看到他獨自在教室內塗鴉。老師叫修造站了起來，語氣嚴厲地問他為什麼要這麼做，修造低著頭，不發一語。老師又繼續說道：

「這幾位同學平時對你這麼好，為什麼要在她們的課桌上寫『去死』、『白痴』和『醜八怪』這種字眼？至於喜歡，即使你喜歡明日實，用這種方式表白，即使明日實喜歡你，也不會感到高興。」

班上所有的同學都看著我，大部分同學都嘻皮笑臉。我為什麼要承受大家的這種眼光？我覺得連老師看著我時也忍著笑。

「明日實，對不對？」

「我……才不喜歡修造！」

我大聲叫道，然後趴在桌上。隨即聽到修造站在座位上嘔吐起來，我死也不願意把頭抬起來。其他三名打掃員這一次也不願來打掃了，老師帶著修造走出教室，去了保健室，地上仍然殘留著嘔吐物。我緩緩抬起頭，剛好看到千沙看著我。我以為她會安慰我……

「明日實，妳那樣說太過分了。修造好可憐，我們被寫了那麼難聽的話，也都忍耐了。」

其他兩個人也用責備的眼神看著我。我情願被寫「去死」、「白痴」或是「醜八怪」。我已經沒有力氣這麼回答。隔天，修造就開始拒學。

證詞3　朋友

我和友彥在小學、中學和高中都讀同一所學校。因為是鄉下地方的公立學校，所以同學幾乎都是老面孔，但我是在升上高中，一起參加電腦社之後，才和友彥變成好朋友。我和友彥的運動能力都很差，外表又長這樣，不需要我特別說明，你們也知道我們兩個人不屬於人生勝利組，但仍然覺得高中實在比中學有趣太多了，是因為我們讀的那所中學，除非有醫生證明，否則都要參加運動社團。你們倒是想像一下，每天都要被迫做自己討厭的事是什麼狀況。我參加了原本以為不需要太多運動能力的桌球社，但桌球才是對反射神經的最大考驗，在體育課上表現好的那些學生桌球都很強。友彥參加了柔道社，但柔道也不是越胖就越厲害。總之，上了高中之後，終於可以做自己喜歡的事，一切都改善了。也許周圍的人會以為我們整天在看A片，但其實我和友彥都很認真，最好的證明，就是我目前在遊戲公司上班。

在高中時期過得開心和有異性緣是兩回事，但以整體來說，沒有女朋友的同學比例較高，所以也不會覺得自己很不幸。我們一起參加了桃瀨桃子的粉絲俱樂部，可以盡情地聊心中的女神。啊，但是友彥曾經被一個奇怪的女生欺騙感情。那個女生叫……

葉山美智佳。不是經常有那種喜歡到處對男生放電的女生嗎？照理說，只要對自己鎖定的男生搖尾巴就好，但不知道那種女人是不是想要表現出自己是溫柔的女人，還是誤以為自己是所有男生心目中的女神，對所有男生都表現得很親切。在課間休息時間，拿出一袋包裝很可愛的糖果，只是因為剛好坐在她附近，她就笑著問：「要不要補充糖分？」然後把櫻桃糖果放在課桌上。我很清楚自己在她眼中並不特別，但友彥似乎並不這麼認為，暗中期待那個女生對他有一點好感。友彥會這麼想也不奇怪，因為不光是糖果那件事而已。

我記得那條狗好像叫模糊藏。她說她養的狗長得和友彥很像，還出示了用手機拍的照片，無論那條狗再怎麼醜，都讓友彥覺得自己與眾不同。所以，友彥調查了美智佳的生日後，決定送她禮物。當然不是戒指或是項鍊之類的東西，而是和模糊藏相同種類的鬥牛犬娃娃鑰匙圈。放學後，我陪他一起等在鞋櫃那裡。美智佳和她朋友一起走過來，還說什麼：「哇，好可愛！」當場把鑰匙圈掛在書包上。友彥當時的表情說不出有多高興，也難怪他決定要向她表白。不，其實也不算是表白，只是把自己的電子郵件信箱寫在特別買的狗狗筆記本上交給她而已。

沒想到她竟然哭著說，很噁心，還說生日被人知道也很噁心。既然這樣，她當時不收禮物不就好了嗎？那次之後，友彥就不再相信女生。

所以，當我收到友彥的電子郵件，說他交到了一個想要結婚的女朋友時，我為他感到高興，但我很懊惱當時竟然沒想到，為什麼沒有問他，那個女人是不是和美智佳同一種類型的女人？聽說樋口明日實那個女人劈腿，但我相信還有很多男人受騙。也許她假裝溫柔體貼，接近友彥，打算騙他的錢。

聽說葉山美智佳和一名醫生訂婚之後，對方發現她在酒家打工後就甩了她。我覺得這是報應，這是那種女人應有的下場，但為什麼友彥會被殺……

我一輩子都不會忘記他的笑容。

*

我決定要去東京讀大學。在離開老家的一個星期前，唯香來我家玩。唯香考進神戶的一所女子大學，我們好像在開小型惜別會，充滿懷念地翻開了中學的畢業紀念冊。

「你們看起來像一對。」

那是運動會的照片。唯香指著我和同班的男生互搭著肩膀，參加兩人三腳比賽的照片，照片的周圍畫了一個長方形的框。如果是圓形或是心形的框，或許可以認為是負責畢業紀念冊的同學在惡搞，但因為是長方形的框，而且放在那一頁的角落，所以只是代表運動會上有這樣的比賽。我之前也沒有特別注意，就連一再叮嚀我不能交男朋友的媽媽，在看畢業紀念冊時，也只說了一句，這裡也有妳的照片。更何況那個男生會和我搭檔，完全是唯香的關係。當時，男生和女生分別決定各自參加比賽的項目，然後再根據身高決定搭檔，但唯香把我拉到走廊上，合起雙手拜託我跟她換。那個男生並不是班上惹人討厭的對象，唯香也不是喜歡和我搭檔的那個男生，只是她不喜歡她原本搭檔的那個男生的長相。我對那個男生的長相既不喜歡，也不討厭，所以很乾脆地回答說，好啊。唯香應該已經完全不記得那時的事，事隔多年，打開畢業紀念冊時，直接說出了自己的感想而已。只是我暗自決定，不要把在畢業典禮後，那個男生曾經對我說：「請妳和我交往」這件事告訴別人。因為這不是什麼值得說嘴的事。因為當我問他：「為什麼？」時，他只回答了一句：「那算了。」然後就沒了下文。

我是唯香的好朋友，好幾個同年級的女生都曾經問我相同的問題。

「妳和唯香在一起，不會覺得心裡很不舒服嗎？」

不知道她們是因為把長相漂亮的唯香和長相平凡的我進行比較，還是把接二連三和很受歡迎的男生交往的唯香，與看起來完全不像有男朋友的我進行比較，才會問這個問題。我從來不追問，而且每次的回答都一樣。

「完全不會啊。」

我並不是喜歡唯香所有的一切，有時候對她很生氣，有時候也會羨慕她，但我相信她對我也一樣。在讀小學之前，我們都住在同一個社區。我喜歡做甜點，經常帶了自己做的餅乾和瑪德蓮去學校，在吃便當時，分給周圍的同學一起吃。雖然大家都說「好吃」，但唯香說「好吃」的時候，臉上的表情看起來真的很好吃，所以我喜歡唯香。而且，並不是完全沒有男生喜歡我，上高中之後，有五個男生向我表白。有些是當面，有些是打電話，雖然他們表白的方式不同，但我對所有人的反應都一樣。

「啊？為什麼？」

我完全搞不懂他們為什麼會喜歡我。雖然同班，曾經坐得很近，但都是從來不曾開心聊天的對象，為什麼會想和我交往？如果他們說喜歡我的長相，或是喜歡我的整體感覺，我應該還能夠接受，但大部分人可能以為我那句話是在拒絕他們，所以都回答說：「當我沒說」或是「忘了這件事」。只有一個男生追問：「妳不是對我有意思嗎？」我根本對他沒意思，就回答說：「完全沒有」，他就咂著嘴走開了。

「明日實，妳從以前開始，就有很多不起眼的男生喜歡妳。」

唯香闔起畢業紀念冊時說道。雖然我從來沒有告訴她這些事，沒想到還是被她發現了？

「沒這回事。」

我揮著雙手否認，但唯香似乎看穿了一切，她斷言說：

「因為妳人太善良了。」

雖然很久沒有聽到這句話了，但我無法像以前那樣感到高興。那種不舒服的感覺，就像是原本以為自己吃的是鬆鬆軟軟的泡芙，沒想到鮮奶油裡混了沙子。

高中時的同學德山淳哉在我們雙方都來到東京求學之後對我說，希望我和他交往。那天，手機接到了一個陌生的電話，我戰戰兢兢地接起電話，對方自我介紹說是德山，我愣了五秒鐘，不知道是誰。雖然我們不曾同過班，但在考大學之前，在放學後去圖書館時，經常在那裡遇到他。我和他只是這樣的關係，他卻向我表白，我當然會忍不住問：「啊？為什麼？」

「因為妳做的餅乾很好吃。」

淳哉這麼回答。我想起那一陣子，我在讀書的空檔很想做餅乾，隔天就把餅乾帶去圖書館給大家吃。只是因為這樣的理由？我忍不住有點洩氣，但並沒有說出口。不知道為什麼，淳哉向我表白這件事令人高興，所以也就不需要更多的理由。他雖然不是女生討論的對象，但一旦對他產生了這種意識，就發現自己喜歡他的長相和整體的感覺，不由得心跳加速。

「妳終於讓我進去了。」

在我們交往一個月左右時，淳哉對我說了這句話。我們剛上完床，但他也不需要說得那麼露骨。我捏住他的鼻子，他慌忙更正說，他不是這個意思，然後說了一句

「妳不可以生氣」後，說了以下這番話。

「我覺得妳應該對其他人沒什麼興趣，因為不想和任何人建立深入的關係，所以可以對任何人都很好，也願意接納主動靠近妳的人，伸手接過別人遞給妳的東西。但是，包括我在內，對方並不這麼認為，會誤以為妳喜歡對方，所以想要進一步靠近妳，於是就會發現有一道透明的屏障。當有人碰觸屏障時，妳終於察覺有人想要入侵妳的內心，至於要排除還是接納對方，都完全取決於妳。」

我默默地聽著他說話，漸漸覺得自己的身體被堅硬的玻璃包覆了。幼兒園時的幸直，和小學時修造的事在內心困惑了多年，如今終於有了答案。我不是善待他們，只是對他們沒有興趣，只覺得是短暫相處的關係而已，所以，只要他們稍微靠近一步，我就無法忍耐，無情地加以拒絕。近似善良的行為只是反彈的助跑，比一開始就冷漠以對的人更加傷人。

我這種人簡直糟糕透了，還有比第一次喜歡的人指出這一點更不幸的事嗎？我難過得流下了眼淚，為了掩飾自己的眼淚，我把臉埋進了枕頭。為什麼不在上床之前說清楚。我忍不住怒火攻心。難怪他先聲明，叫我不可以生氣。如果他發現了真正的我，因此討厭我，即使不需要明說，也可以用其他四平八穩的理由向我提出分手。

「討厭……」

聲音滲進了枕頭。討厭……討厭……討厭……不對。

「不要討厭我！」

我抬起頭，看著淳哉的眼睛說完這句話，就聽到了堅硬的玻璃出現裂縫的聲音。越是放聲大哭，裂縫就深入細部，最後在淳哉的臂腕中碎裂。

當時我也傻眼了。每逢交往周年紀念日，淳哉就會提起這件事。當時他覺得終於發現了費解謎題的答案，忍不住得意地開講，結果我以為他討厭我。啊，搞砸了。他當時也欲哭無淚。他知道並不是只有他收到餅乾，也知道我送餅乾的行為並不帶有特別的感情。餅乾只是一個契機而已，他在觀察之後，發現我是一個內心沒有隔閡的善良女孩，因而產生了好感，但同時也產生了疑問，真的是這樣嗎？然後，在考完大學，剛好我們都考上東京的大學後，他鼓起勇氣向我表白。

他告訴我，他是為了確認我和他是否屬於同類，而且透過我，發現了他自己無法妥協的個性。

「總之，妳和我都覺得人際關係超麻煩，一輩子只要有一個重要的人就夠了。」

聽到他這麼說，我反而覺得自己從今以後，應該能夠真正善待所有人，而且善待他人的第一步，就是有生以來，第一次喜歡自己。

證詞4　同事

奧山友彥是比我早兩年進公司的前輩，我和樋口明日實同期進公司。貓眼株式會社是一家專營防盜用品的公司，總共有五十五名員工。公司的氣氛很自由自在，在我和樋口進公司之前，單身員工就經常相約一起出遊。在我進公司半年後，九月下旬的連休中間那一天，比我們早兩年進公司的男性員工團體邀我一起去烤肉。我喜歡其中一個人，所以就積極邀約同期進公司的女生一起參加，樋口也一起去了。樋口通常不會主動邀約別人，但只要開口邀她，她幾乎都會答應。

奧山是很親切的前輩，他加班的日子遠遠超過我們，但偶爾早下班時，會送糕點來給我們這些女同事吃。他似乎喜歡吃甜食，總是搶先訂購網路上很受好評的甜點分給大家吃。

那天有六個人參加烤肉，三男三女，除了樋口以外的女生都有自己中意的對象，所以無論在車上，還是到了自然森林公園之後，樋口都很自然地和奧山一組。奧山帶了烤肉器具，樋口很俐落地在一旁幫忙。在搭烤肉爐時，奧山的手受了傷，樋口用OK繃為他包紮。因為他們在一起的感覺很自然，我脫口說：「奧山和樋口搞不好很配喔」，這種程度的話，應該不算是煽動吧。當時我並不知道樋口已經有男朋友了，樋口既沒有否定，也沒有露出為難的表情，只是輕輕笑了笑而已。但我覺得奧山就是從那天之後，開始喜歡樋口。

奧山屬於內斂的人，所以並不會展開猛烈的攻勢，但曾經約樋口去公司附近的拉麵店和蛋糕店，樋口也答應了，所以奧山認為那是交往也很正常。雖然樋口說，他們不要說肉體關係，甚至連手也沒牽過，也明確告訴奧山，自己有男朋友了，但事實真相只有當事人才知道，更何況奧山不是對他的朋友說，樋口是他的未婚妻嗎？現在又不是昭和年代，如果不曾發生過什麼，怎麼可能這麼說呢？我從來沒有聽過奧山說謊，他很老實，有時候連別人的玩笑話都聽不懂。之前我對他說：「上次的巧克力超好吃，我差一點流鼻血。」他緊張地問我，後來沒事吧？

樋口說她的行兇動機是奧山威脅她，如果不和他結婚，就要做出對她男朋友不利的事，而且她男朋友的公司好像也的確收到了黑函，但我覺得那只是奧山的垂死掙扎，應該不至於嚴重到要殺人。大家聚餐吐苦水時，奧山也總是不發一語，笑咪咪地聽大家說，從來不說別人的壞話。這種人能夠寫出多惡劣的誹謗中傷的內容？

更何況樋口如果討厭奧山到要殺了他，一開始就應該明確拒絕，或是露出為難的表情。

我真的覺得奧山太可憐了。如果樋口沒有進這家公司，他現在仍然可以和大家一起去烤肉。

＊

原本以為已經瞭解了人生中失敗的構造，就不會再度失敗，沒想到我犯下了人生中最大的失敗……我殺了人。但是，我不是因為對奧山友彥漠不關心而吸引了他，我對他充滿同情，所以，我才會善待他。

他送高級甜點給女同事，大家卻在背後說他很噁心，還嘲笑他說，是不是以為這樣就可以吸引女生。大家說歸說，還是津津有味地吃著他送來的甜點。之所以會邀他一起烤肉，是因為他雖然不會生火，卻有一組德國製的高級烤肉組（搞不好是其他人花言巧語慫恿他去買的）。因為他不會喝酒，所以是理想的司機人選。雖然要他開車，卻絕對不想坐副駕駛座。烤肉時大快朵頤，吃完了卻雙手一攤，完全不幫忙收拾工具。雖然我一開始就告訴自己，絕對不要和他有任何牽扯，但腦袋裡響起一個聲音，叫我「對同事好一點」，所以我最小限度地出手幫忙，小心翼翼地避免誤會。

我並不是對他漠不關心，而且以為自己確認了和他之間的距離。

烤肉之後，奧山說，希望我在工作上幫一點忙。他除了公司的工作以外，還幫忙一位經營美食網站的朋友，因為他想聽取女性的意見，所以希望我陪他一起去公司附近新開張的拉麵店試吃。只是去吃拉麵，問題應該不大。於是我和他在白天一起去了拉麵店，坐在吧檯前默默吃完拉麵後表達了感想，並支付了自己的拉麵錢後離開了。隔天，他送給我高級巧克力，說我幫了他的大忙，並拜託我下次陪他去一家水果塔很有名的店。我二話不說地答應了，但告訴淳哉之後，他不高興地說：「這樣不太好。」於是，我在擠滿女性客人的店內，大聲而明確地告訴他：「我男朋友不太高興，所以以後無法繼續為你的美食報告提供意見。」

「是、是啊，不能因為我的關係，影、影響你們的感情。」

奧山擦著額頭噴出的汗，滿臉歉意地說，但不知道當時他認為和我之間是怎樣的關係。隔週，淳哉任職的證券公司就收到了中傷淳哉的電子郵件。

中傷郵件並不只是說淳哉的壞話而已，說他在學生時代因為賭博欠了五百萬圓的債務，還附上了實際存在的地下錢莊的假借條。淳哉立刻懷疑是奧山幹的，但我並沒有在奧山面前提過淳哉的名字，更沒有提過他的公司，甚至沒說過他從事哪一方面的工作。如果真的是奧山幹的……我檢查了家裡和私人物品，在上班用的皮包底發現了一支陌生的手機。那支手機改造成竊聽器，我和淳哉拿著手機去向附近的警局報案，但警方完全不當一回事，反而問我，和那個我們認為的加害者之間到底是什麼關係？我說了烤肉和美食報告的事，警察說，這種程度的交往，不可能讓對方變成跟蹤狂，完全不認真對待，因為沒有證據證明竊聽器是奧山放的，所以我甚至無法警告奧山。

在那之後，淳哉的公司持續收到中傷郵件，甚至提到「他的女朋友樋口明日實是惡魔般的女人，曾經害從小一起長大的朋友得了精神方面的疾病，也導致同學拒學」。即使裝了竊聽器，奧山也不可能知道這些事。雖然我每天都用電腦，卻是第一次在電腦上搜尋自己的名字。我首先輸入了漢字，在匿名布告欄中，發現了幾則和中傷郵件相同的內容。我忍著反胃，分別用平假名、片假名、羅馬拼音等不同種類的文字搜尋，短短幾個小時，就找到了應該是幸直或者是修造的部落格。我輸入了和奧山一起去的拉麵店和水果塔的店名，也找到了奧山的部落格。他每天都會在部落格上痛罵公司同事和過去曾經有過交集的人，被他罵過的人不計其數。雖然人名都用縮寫，但直接寫上店名和高級甜點的品牌，可以證明是針對別人的惡意嗎？

原本納悶難道他沒有發現大家對他並不友善嗎？如果沒有發現，那真的是傻到底的爛好人；但如果有所察覺，為什麼每天可以若無其事地去公司上班？如今才知道根本不需要同情他，在部落格上寫了那麼多別人的壞話，已經不只是為了紓解壓力而已，很可能已經形成了不同的人格。如果建立了一個自己是國王的理想世界，就會覺得不如一直留在理想世界中，但是，理想的世界和現實世界的界線漸漸模糊，一旦發現原本以為是自己朋友的人並不如自己的想像時，就覺得遭到了背叛和叛逆，為了保護自己心愛的王國，就要全力擊垮那個人。我無法原諒他不是針對我，而是針對淳哉報復。

雖然淳哉在我面前笑著說，公司方面並沒有把中傷郵件當真，但只要看他的臉，就知道他比之前更疲累。我提議乾脆分手，他說與其這樣認輸，不如乾脆殺了奧山。他說話時的眼神，好像真的會去殺了奧山。我安撫他說，會去找公司的上司談這件事。我相信公司的人都知道奧山有問題，我抱著這樣的期待去找直屬上司，卻被說成是被害妄想。上司心裡也許也覺得那傢伙可能會做這種事，只是絕對不願意承認經銷防盜用品公司的員工竟然會裝竊聽器這個事實。雖然我也是用自家公司的產品調查了很多事。

接下來就只能向奧山攤牌了，但即使罵他也沒有用，他一定會露出一副受害者的無辜表情，然後在內心策劃陰險的報復方法。

「你到底有什麼目的？」

我看到公司內只有我和奧山兩個人，就直截了當地問他，臉上露出了懇求他高抬貴手的表情。奧山默然不語，拚命轉動著眼珠子，可能在思考該怎麼接招。要裝糊塗？還是會提出要求……？

「妳可不可以陪我去烤肉？只要能夠在最後留下愉快的回憶，我就不會再有非分之想。」

奧山握著雙手的指尖，紅著臉說道。這個年頭，連中學生都不會這麼忸忸怩怩吧。這種要求簡直讓人洩氣，原來他的願望這麼微不足道，但對他來說，可能無法輕易開口拜託，所以為了達到這個目的，才會不擇手段地搗亂。面對當場痛毆他一拳，就會哭著逃走的懦弱對象，在這種狀況下，也會難免心生同情嗎？

我沒有告訴淳哉烤肉的事，因為他絕對會阻止我，或者堅持要同行。如果是這樣，就失去了意義。只要讓奧山留下愉快的回憶就好，然後我要離開這家公司，不和淳哉以外的任何人有任何交集。即使看到有人倒在路旁，也要視而不見；即使對方求助，也要充耳不聞；如果有人要我幫忙，我要斷然拒絕；如果有人因此責備我……我只要露出我才是可憐人的表情放聲大哭。

下班之後，我搭著奧山那輛黃色的義大利製奇怪車子，前往之前去過的「自然森林公園」。在寒風吹起的這個季節，非假日晚上七點左右，只有我們兩個人來烤肉。

「我、我們包場了。」

奧山興奮地說道，我露出親切的笑容。奧山笨手笨腳地搭著烤肉爐，我在一旁切蔬菜。我用了三倍份量的酒精膏點了火，把奧山帶來的松阪牛里肌肉和五花肉排在烤肉架上。我們兩個人都喝薑汁汽水。愉快的烤肉大會開始了。奧山和我聊起了桃瀨桃子這個我從來沒聽過的偶像和他網友的事，我也盡可能迎合他的話題，問他臭魚乾到底是什麼味道？烤肉架上的食物也所剩不多了。再忍耐一下就好。我在內心再度激勵自己，然後面對奧山。

「要不要坐來我旁邊？」

我默默回應了他的要求。奧山把最後一塊肉沾了大量醬汁後送進嘴裡，對我露出笑容。他一邊咀嚼，一邊開口對我說：

「明日實，妳很看不起我，覺得我很不中用，但、但是，對我來說，洩漏那傢伙公司的顧客資訊根本是小事一樁，然後說是他幹的……如、如果我這麼說，妳、妳會嫁給我嗎？」

奧山放下盤子，把原本放在腿上的手放在我的手上。他的手又熱又溼，還沾到了肉的油脂和醬汁。我感到全身起了雞皮疙瘩，甩開他的手站了起來，然後拿起放在桌子旁裝蔬菜盤子上的菜刀，用力揮了起來，好像要甩掉髒東西。

證詞5　善良老實人

我認為，這個世界是因為有不到整體百分之一的善良老實人的忍耐和犧牲，才能夠勉強運作。而且，我可以斷言一件事。

你並不是善良老實人——但是，這絕對不是壞事。

惡毒女兒

寄件人：野上理穗　主旨：同學會

弓香，好久不見，妳還是那麼活躍。

我看了上個星期的《猜謎王挑戰賽》，雖然妳沒有得到冠軍很可惜，但能夠和那個東大畢業的諧星久我山（我很喜歡他）一直戰到最後一題，太厲害了。

亥子會的實行委員也都稱讚說，弓香太了不起了！但我想大家應該沒有感到驚訝，因為大家從以前就知道妳很聰明。希望妳之後除了演員工作以外，也要在猜謎節目中好好表現，工作一定會更忙了。

正因為這樣，妳無法參加同學會實在太遺憾了！

我已經收到了妳寄來的回函明信片，但大家無論如何都不願輕易放棄，所以在上次聚會時一再拜託，希望我這個好朋友能夠出面說服妳。雖然我知道妳工作很累，內心很過意不去，但還是寫了這封郵件。

如果同學會那一天，妳已經安排了工作，那就無可奈何了，但如果妳是因為妳媽媽的關係無法參加，我可以設法安排妳的住宿問題，請妳再重新考慮一下。

雖然我很希望妳住在我家，但我們和公婆同住，妳反而會很有壓力。更何況如果我婆婆把妳回來的事告訴妳媽媽，那就真的是幫倒忙了。

真希望這裡有商務飯店，但附近唯一的飯店，就是滿目瘡痍的「桔梗飯店」……雖然在那裡舉辦婚禮的我這麼說也有點奇怪。

我老公的朋友把鄰町一棟老舊民宅改裝後經營民宿，我覺得妳可以住在那裡。聽說那裡很受年輕女生的歡迎，會寫這種話，代表我已經老了。

我和大家都滿心期待妳回來。

我也有很多私事想和妳分享，但不要勉強，即使身在遠方，我也會在電視前支持妳！

取自亥年和子年的亥子會即將舉辦同學會，我在出席回函明信片上勾選了「缺席」後，很早就寄出了。

雖然八年前來東京後，就一直住在這棟公寓，但我也是那天寄明信片時，才知道離家最近的郵筒位置。自從來到東京之後，就從來沒寫過私人的賀年卡，只是我當初並不是連夜逃來東京，曾經把地址留給幾個知心朋友，所以每年都會收到兩隻手的手指就可以數完的賀年卡。即使我不寄，也每年都會收到。

婚禮的照片、小孩子的照片，小孩子出生後初次去神宮參拜、七五三節、全家人和主題樂園的吉祥物一起拍的紀念照。每年一早就收到這些賀年卡時，就後悔當初不應該留地址給她們。

她們寫的內容也大同小異，「每天忙著做家事和照顧孩子，快累死了，弓香，妳也要加油喔」。「妳也要加油」是什麼意思？這些人嘴上說什麼我當演員很了不起，卻把我和家庭主婦的工作相提並論。

生活在那個狹小的城鎮，每個人都覺得自己最辛苦，然後每個人都變成像「那個人」一樣的人。不，這種說法太誇張了。那個人是異類，所以沒有人發現我這麼痛苦，所以才會一而再，再而三地邀我參加同學會。

只有理穗知道。因為她也承受了痛苦，只是我們的痛苦屬於不同的種類。

但是，她每年也都會寄印了她女兒照片的賀年卡給我，有時候還會穿上母女裝，做出相同的姿勢。她的痛苦在結婚之後完全消除了嗎？還是她原本就不像我這麼痛苦？或是在不知不覺中，重蹈了悲劇的覆轍？

可能是很久沒有收到這麼長的郵件的關係，我有點想要見見理穗。無論她目前的狀況如何，看到我在回函明信片上勾選了缺席，就察覺到我不想參加的理由，而且還提出了解決方法。

或許同學會找我簽名，也會打聽演藝圈的八卦，但反正是在有限的時間內應對，只要笑著應付就好。更何況在社群網站上提一下去參加同學會的事，有助於提升正面形象。

不知道是否是因為經常演主角的競爭對手這種個性強烈的角色，很多人以為我本身個性就很兇悍。珍惜故鄉的行為，應該可以稍微消除觀眾對我的負面印象。

而且，這次的同學會很特別。在老家那裡，老同學之間原本就有密切的聯繫，每年夏天都會舉行同學會，但這次和之前不一樣。

……電話響了。我以為是理穗來確認，忍不住興奮起來，沒想到是那個人打來的。

——弓香，是媽媽。妳還好嗎？

我聽說妳不能參加同學會，真的嗎？

我知道妳很忙，但這次不能設法參加嗎？女人的太歲年容易多災多難，最好還是回到從小出生、長大地方的神社消災解厄。

而且，大家都很期待看到妳回來，每次在路上遇到媽媽，都會向媽媽打招呼，不停地聊妳的事。媽媽當然向他們道謝，但媽媽覺得這是直接向支持妳的觀眾表達感謝的良好機會。

妳從小就懂得這麼做，不是嗎？

而且，媽媽已經為妳準備了禮物。三十三歲是女人的太歲年，生日禮物最好挑選長形的東西，所以，媽媽為妳買了項鍊，是鑽石項鍊。

雖然大家都穿和服去神社消災解厄，媽媽也希望妳穿和服，但上次問妳的時候，妳說不需要幫妳做和服，而且也說絕對不想穿和服，變得好奇怪啊。當時媽媽無法理解妳為什麼那樣說，但後來猜想，可能妳在工作時曾經因為穿和服，有過不愉快的經驗。

弓香，妳向來是一個很會忍耐的孩子。

所以我才會挑選適合搭配西式衣服的項鍊，雖然無法像和服那麼華麗，但即使不穿和服去神社，也完全輸人不輸陣。如果在祈禱時戴上項鍊，不是可以成為護身符嗎？所以，媽媽還是希望妳回家一趟，即使當天來回也沒有關係。

為了妳日後事業能夠越來越成功，媽媽也覺得妳應該回來去消災解厄，而且也許可以因此帶來好姻緣。

對了，上次和妳一起上猜謎節目的那位，是不是叫久我山先生？媽媽覺得那個人很不錯，你們在節目最後坐在一起的身影，看起來也很匹配。

先不談這些，媽媽和理穗的婆婆是好朋友，所以會去拜託她，讓妳可以去參加同學會。理穗這孩子雖然經歷了很多事，但她真的嫁了一個好老公，沒想到她老公竟然是那麼優秀的婆婆的兒子。他們的女兒……志乃也很可愛，我覺得她很像妳小時候。

——呃……我也很想回去，但已經接了工作。

——已經接了半年後的工作嗎？妳明知道有同學會啊，媽媽看到妳在工作方面很活躍，固然很高興，但有時候忍不住很難過，覺得妳失去了身為一個人重要的東西。

不過，這都是我的錯，我太忙了，沒有好好教導妳自古以來的規矩有多麼重要。

那個人總是口若懸河，完全不讓對方有插嘴的機會。

當她說完想說的話，這件事好像就已經結束了，心思已經移到下一個她想要引導的方向。一旦對方反對，她就立刻露出好像遭到背叛般的表情，誇張地用力嘆氣，但絕對不會問別人反對的理由，她假裝覺得一切都是自己的錯，露出消沉、受傷的表情，阻止對方反駁。

小時候，面對她的這種態度，我只能說「對不起」，完全沒有察覺是遭到了她的誘導，也沒有發現「對不起」這三個字代表了「我同意妳的意見」的意思。

對不起。即使我只是吐氣說出這句話，那個人都會立刻聽到，用力點頭，似乎表示她願意接受，然後好像是皇室成員，或是大明星那樣高高在上，對我露出慈愛的微笑。

接著，就會對我說：「好了，沒關係，趕快去吃點心。」這種溫柔的話。

如果我能夠像以前那樣，在剛才那通電話中對她說「對不起」，她就會說「多保重」或是「媽媽最支持妳」之類的話，然後靜靜地掛上電話。但是，她等了一會兒，連吸氣的聲音也沒有聽到，電話中只有持續的沉默。不知道是她內心的怒火似乎已經沸騰，還是為了預防我傲慢地出言反駁，所以就用力掛上了電話。

但是，我並不是今天第一天聽到喀嚓一聲，好像耳朵被打到般的掛電話聲音。即使一次又一次聽到這個聲音，我和那個人之間的關係也並沒有斷絕，只是組成粗鐵線中的細鐵線斷了一根。照理說，這是逐漸邁向解脫的行為，但細鐵線每斷一根，我就會感到劇烈頭痛。

小時候，媽媽買給我的安徒生童話中，有一個《美人魚》的故事。美人魚得到了雙腳，但每走一步，就像走在刀子上般劇烈疼痛。

雖然她愛上了王子，但美人魚即使承受這麼大的痛苦，也想要生活在人類的世界嗎？我記得年幼的我在看這個故事時，對美人魚產生了同情。因為故事中完全沒有提到美人魚的世界多麼難以生存，相反地，反而描寫成一個閃亮的地方，所以我更加不解，她為什麼不快快樂樂地活在美人魚的世界呢？

但是，美人魚知道了外面的世界。正因為知道，所以才發現原本以為理所當然的事，一點都不理所當然。

我的頭痛應該和美人魚相同。

……我吃了市售的止痛藥。聽說持續服用相同的藥，藥效會減弱，但我已經連續服用了十幾年。

即使說「對不起」，仍然會頭痛。

我是在中學二年級的時候得知自己頭痛的原因。以前，我以為只有在感冒或像骨折之類，身體發生問題時才會頭痛，所以每次頭痛欲裂，我都會老實告訴那個人。

那個人想要帶我去醫院檢查，但因為通常都是晚上頭痛，隔天早晨，頭痛就消失了，所以在開始頭痛三年之後，才去醫院檢查。鄰居是因為腦部腫瘤去世，我的頭痛現象雖然數小時就消失，卻很頻繁，她擔心女兒也得了相同的疾病，突然害怕起來。

在大醫院做了腦部攝影，還做了腦波檢查，醫生診斷我頭痛的原因是壓力造成的。那個人咄咄逼人地說，不可能，但醫生斷言檢查結果沒有任何異常，她也只能作罷，心灰意冷地說，會和女兒好好溝通，帶著我離開了醫院。出門的時候，她還說要去吃大餐，但看完病之後，她直接帶我回了家，而且沿途都沒有說話。

回到家裡，她問我學校是不是有什麼問題。不，她不是問而已，而是盤問。是不是功課跟不上？是不是社團活動有什麼不開心的事？是不是被同學欺負？

我來不及針對每一個問題回答，只能在她問完所有的問題之後，搖頭回答說：

「沒有。」我參加了吉他社。

「是啊，妳的成績不錯，文化祭的發表會上，妳也彈得最好。至於霸凌，妳怎麼可能遇到這種丟人現眼的事？」

如果真的遭到霸凌，她這句話就足以置我於死地。

「唯一的可能……該不會是妳想要保護受到霸凌的同學？就像去年一樣。對了，妳那一次頭痛特別嚴重。妳像爸爸，正義感很強，是不是因為這個原因，其他同學對妳不好？」

我用力搖頭，但她繼續問道：

「妳現在和誰最要好？」

「前川理穗。」

我說出了一起擔任圖書委員而成為好朋友的理穗的名字，因為我覺得這個名字可以大大方方說出來。她好像在唸經般連續說了好幾次「前川」這個姓氏，最後終於想起了是誰。不，正確地說，是想起了她是誰家的女兒。

「喔，原來是這樣，妳和理穗當朋友當然沒問題，但也要和其他同學當朋友。」

她開朗地說道，似乎覺得終於找到了我頭痛的原因，然後走去廚房做午餐。看到她哼著歌，挺直了身體做炒飯的背影，我完全知道她在想什麼。

雖然我一再否認，但她認定我是因為保護在班上遭到霸凌的理穗，進而被其他同學欺負，所以才會頭痛，或是因為對班上的霸凌現象感到痛心，才會導致頭痛。理穗的父親開了一家房屋仲介公司，她認為理穗是有錢人家的孩子，所以才會遭到霸凌。

理穗沒有遭到霸凌。我很想這麼反駁，卻無法反駁。頭痛欲裂，我終於知道，眼前這個人是造成我頭痛的原因。

那次之後，即使發生頭痛，我也不再告訴她，相反地，還會拚命忍耐，以免被她發現，因為我怕她逼問我在學校發生了什麼事，或是背著我和學校聯絡。我只能拚命忍耐。

有一次，我在服用改善生理痛的成藥時，發現那也同時改善了頭痛，之後就持續服用相同的藥……我到底必須對抗頭痛到哪年哪月？

在頭痛稍微緩和後，我躺在床上，拿起了智慧型手機。

寄件人：藤吉弓香　主旨：謝謝

理穗，謝謝妳再度邀我參加同學會。

很抱歉，我還是不去了。

對不起，妳還為我費心想了住宿的事。我很想去住老宅民宿，而且也很想趁這個機會和妳聊天、見見大家，但我還沒有勇氣回老家。

即使去參加同學會那一天和那個人避不見面，萬一她日後得知我曾經回去過，妳應該不難想像會發生什麼狀況。

雖然她嘴上說支持我，但至今仍然不諒解我進演藝圈這件事。只要在雜誌的彩頁上看到我的泳裝照，就哭著打電話給我；只不過是吻戲，她每次都打電話來確認，只是做做樣子而已，對嗎？因為她的關係，我接演的角色受到限制，無法順利展開演藝活動。

在猜謎節目的成果或許可以成為新的舞臺，多虧了妳，我才能答出準決賽的最後一題，十二門徒的所有姓名。

妳結婚、成為母親之後，一定自己決定每天的菜單和家事的順序，俐落地完成這些工作，日子過得很充實吧。真羨慕妳。希望下次有機會多聽取妳各種建議。

代我問候大家。

按下寄出鍵之後，我腦海中浮現的理穗，是什麼時候的她？那是我剛認識她不久，她說起自己喜歡的漫畫角色時的表情。

我在中學二年級時和理穗同班，我們一起擔任圖書委員，但並不是我們兩個好朋友一起參選圖書委員，而是剛好只有我和她兩個人舉手。我在一年級時也是圖書委員，但理穗二年級時才開始，所以我不知道她喜歡看什麼書。

之前就覺得被問及興趣時，回答「看書」太平凡無趣，在當上圖書委員之後，更驚訝地發現幾乎沒什麼人來看書。擔任顧問的老師積極推動閱讀活動，圖書室內除了知名作家的娛樂小說和輕小說以外，還有很多漫畫，但還是沒什麼人來看書，他們也不像是會自己買回家看。下課的時候，幾乎沒有任何同學在教室裡談書的事。

在圖書室當值日生的日子，可以盡情地看書，但奇幻漫畫系列作的最後一集我遍尋不著。為什麼？我忍不住咕噥，理穗在一旁對我說，我家有。

因為我很想看後續的內容，所以當天就去了理穗家。那套漫畫讓我沉迷，甚至等不及隔天再看，但現在連漫畫的名字也想不起來了。

理穗的母親開門迎接了我們。皮膚白皙，圓臉大眼睛，個子嬌小……這對長得像丘比特娃娃的母女站在一起就像是姊妹。

「我以為是理穗的姊姊。」

我在自我介紹後，對理穗的母親這麼說。她開心地對我露出微笑說：「經常有人這麼說，對不對？」她轉頭問理穗，然後主動勾住了理穗。「對啊。」理穗絲毫沒有害羞，看著母親的臉回答。她們不光是姊妹，簡直就是心靈相通的雙胞胎。不要說挽那個人的手，我甚至想不起來什麼時候和那個人牽過手。

真羨慕。在羨慕別人的同時，等於承認了自己不具備那樣的東西。因為我討厭這種感覺，所以那時候對任何事都抱著尖銳的態度，但當我驚覺「慘了」的時候，已經對她們露出了羨慕的眼神。

原本打算借了書就立刻回家，但走進理穗的房間時，我被她的書櫃吸引了，站在書櫃前看了很久。她的書櫃中有我喜歡的漫畫家的所有作品，理穗竟然擁有我只能在圖書室看的書，讓我不由得再度感到羨慕。

我家雖然是單親家庭，但並不是基於經濟因素買不起漫畫。

「看漫畫根本是浪費時間。」

有一天，我放學回家，看到從圖書室借回來的書放在客廳的桌子上。我原本放在自己房間書桌的抽屜裡。她擅自走進我的房間，打開我書桌的抽屜。她對這種行為絲毫不感到羞恥，只是用很不耐煩的眼神看著我，用力嘆著氣。

「那是一個和朋友一起冒險的感人故事。」

「這種漫畫？」

她隨手翻了起來，在出現精靈的那一頁停了下來。

「這簡直就像沒穿衣服，太下流了。」

她充滿不屑地說完，用力皺著眉頭，把書闔了起來，用力丟在桌上。然後一如往常地開始說教。

「如果妳想透過閱讀獲得感動，那就把爸爸房間的書全都看完。家裡有這麼多書，是多麼奢侈的事，妳為什麼會對這種無聊的東西產生興趣？通常像妳這種年紀，不是會對自己的父親是怎樣的人產生興趣嗎？如果我是妳，一定會盡情地閱讀父親曾經看過的書，想像自己是否和父親有相同的閱讀感受。那些書是父親留給妳的財產，我也告訴妳很多次，妳父親很喜歡看書，為什麼妳無法瞭解呢？……我還以為妳已經瞭解了。」

「……對不起。」

雖然這件事根本不需要我道歉。

理穗沒有發現我在看她的書櫃時，因為想起了這些事，眼神中帶著憤恨。她拿出了一本又一本自己喜歡的漫畫遞到我面前問，這個妳看過了嗎？然後都放在我的手上。學校圖書室內沒有這些漫畫，但我一直都很想看。

無論遭到任何人的否定，只要能夠有一個相互理解的朋友就夠了。那是我感覺到自己交到了真心朋友的瞬間。那個年紀的人都深信，遇到困難的時候，能夠幫自己的不是父母，而是好朋友。

理穗的母親邀我留下來一起吃晚餐，我婉拒了一次，理穗說，今天晚上要吃媽媽拿手的奶油燉菜，於是我打電話回家。聽到那個人在電話中傳來「啊?!」的聲音，不難想像她皺起了眉毛，我不寒而慄，理穗的母親在一旁把電話拿了過去，嬌聲拜託說：「拜託妳同意她留下來吃飯。」那個人才很不甘願地答應了。

「弓香，聽說妳很聰明。理穗像我，腦筋不靈光，功課也不好，但希望妳和她當朋友，她是個善良的孩子。」

花了半天時間燉煮的奶油燉菜裡的蔬菜都已經看不到原來的形狀，雞肉也燉得很軟，只要用湯匙輕輕一撥，就可以把雞肉剔下來。精心烹飪的味道很有層次，但理穗母親的話比奶油燉菜的味道更打動我。

她是個善良的孩子。那個人從來不曾在別人面前稱讚我。事到如今，我只能盡情地羨慕理穗，很希望自己也有像她那樣的母親。

直到幾年之後，我才發現這句話其實多麼可怕。

晚餐後，吃了冰淇淋，在九點之前開車送我回家，那個人在門口等我。她客氣地向理穗的母親鞠躬道謝，目送車子離開後，用力推了我一把。

「去別人家吃飯就已經夠丟臉了，而且還留到這麼晚。妳又不是小學生，為什麼不知道這種行為很沒常識？對方當然不好意思趕妳回家，妳必須自己判斷，臉都被妳丟盡了。我向來比別人更嚴格教妳規矩，看來必須更進一步言傳身教，妳才能夠瞭解。全都是我的錯，沒辦法有足夠的時間和妳相處。」

「……對不起。」

那個人向來討厭別人送我們東西，即使只是分享食物或是旅行的伴手禮，她都能拒絕則拒絕。不知道是因為丈夫車禍身亡之後，她嚴格要求自己必須活得更堅強，還是天生就是這種性格，從我懂事之後，她就是這種人。

我應該可以預料到有生以來第一次去同學家，就突然留下來吃飯，一定會讓她很失望，但我太大意了，以為只要打電話告訴她就沒問題。所以，一切都是我的錯。

好不容易借了書回家，卻因為頭痛欲裂，那天晚上根本沒辦法看。

……手機傳來了收到電子郵件的鈴聲。

寄件人：野上理穗　主旨：別這麼說

謝謝妳的回覆，同學會的事雖然可惜，但我不再勉強妳了。

我在自我反省，是不是勾起了妳不愉快的回憶。

我有時候去超市會遇到妳媽，當我和她聊電視劇時，她對我說，謝謝我這麼支持妳，看起來像是發自內心地為妳感到高興，我還誤以為妳們慢慢和解了。

妳媽經常買冰棒和點心給我女兒，我很感謝她，她還說我女兒和妳小時候長得很像。

所以，我女兒以後也會成為大明星？開玩笑啦。

同學會的事，即使妳當天臨時想來參加也無妨。改變主意時，隨時和我聯絡。

再聊囉。

理穗故意袒護那個人嗎？假裝在支持我，其實在嫉妒我。也許她在大家面前拍胸脯保證，只要她出面邀我參加同學會，絕對沒問題！因為被我拒絕，所以她想要挖苦諷刺一下？

以後也會成為大明星？她還真敢說。不要說實現夢想，她甚至根本沒有夢想。但是，那不是她自己的問題。

對我和理穗來說，父母會支持兒女的夢想這種事，根本是幻想。

那個人從小就經常問我，弓香，妳以後有什麼夢想？每次在我打算回答當蛋糕店和花店老闆之前就搶先對我說：

「我就知道一定是和爸爸一樣，想當學校的老師。」

我爸爸在我三歲時車禍身亡。他原本在老家附近的高中當國文老師，和在同一所學校當事務員的她結了婚，她不厭其煩地告訴我，爸爸是同事和學生都很尊敬的優秀老師。

爸爸的葬禮在非假日的晚上舉行，有超過一百名畢業生來參加，大家都流著眼淚回憶爸爸的往事。

我並沒有任何強烈的夢想，值得反駁淚眼婆娑的她，所以輕輕點了點頭。她也感到心滿意足，沒想到我在小學的畢業文集上犯了大錯。

我在未來的夢想那一欄中寫了「開麵包店」。因為就要畢業，我們五個要好的同學陷入了感傷，有人提出以後一起開店，然後覺得開麵包店應該很開心，於是大家都寫了「開麵包店」，作為友情的象徵。

應該沒有家長會把畢業文集上寫的未來夢想當真，通常只會笑笑說：「聽起來很有意思」而已，或者為兒女交到了這麼要好的朋友感到高興。

她在參加畢業典禮回家後，把畢業文集遞到我的面前質問：「這是怎麼回事？」然後好像在甩我耳光似地把畢業文集重重地摔在客廳的桌子上。

「媽媽很高興看到妳順利長大，在畢業典禮時淚流不止。正常家庭兩個人做的事，媽媽都必須一肩扛起，也經常煩惱，不知道這樣做對不對，但是，媽媽一直相信妳能夠感受到媽媽的心情，還很高興，妳是一個無論去哪裡都不會讓我丟臉的孩子。不，是在任何人面前都能夠引以為傲的孩子。沒想到，妳完全沒有感受到媽媽的用心。媽媽一直以為，孩子看著父母的背影長大，是教育孩子的最好方式，雖然爸爸已經不在了，媽媽只能一次又一次告訴妳爸爸的事，沒想到全都泡湯了。不，一定是媽媽告訴妳的方式有問題。」

她擦眼淚的手背上，沾到了平時不使用的眼影和睫毛膏。

「……對不起。」

說完這句話，我哭得比畢業典禮後，在教室內和同學擁抱時更傷心。只是眼淚的種類並不同。

未來的夢想是「老師」也沒有關係啊。

隨著年齡的增長，仍然無法讓我有這種想法，是因為我沒有遇到可以成為榜樣的老師嗎？還是覺得長大離我很遙遠，在日常生活中，並不需要認真思考這個問題？

我在學校時，看圖書室和向理穗借的書，回家之後，看爸爸蒐集的書籍。雖然我覺得漫畫有趣多了，但閱讀文學作品也不是多大的痛苦。

更令我在意的是，家裡的書好像都沒有看過的痕跡。既沒有摺痕，也沒有弄髒。光是這樣，或許可以解釋為很愛惜書籍，但書裡還夾著全集介紹之類的廣告單是怎麼回事？雖然盒子褪色，塑膠書皮變硬了，但那是歲月的痕跡，並不是閱讀的痕跡。

這些書會不會只是裝飾而已？我沒有勇氣直接問那個人，只能繞著圈子問她。

「家裡的這些書中，媽媽最推薦哪一本？」

「嗯，嗯嗯，我想一想……《亂世佳人》吧。」

「是怎樣的故事？」

「美國的……這種事不要問別人，應該自己看啊。」

「那爸爸最喜歡哪一本書？」

「……我記得好像是夏目漱石的哪一本。我相信妳看了之後就知道了，妳要自己去找啊。」

從沒有留下爸爸閱讀痕跡的書上，能夠瞭解爸爸什麼？長大之後，我才忍不住想，那個人口中的爸爸，是不是她最精采的故事。

但是，這種事根本無所謂，相反地，如果她明確說出她和爸爸喜歡的書，日後問我閱讀後的感想，反而更麻煩。想到她到時候會因為我和他們的感受不同而罵我，對我哭哭啼啼，就覺得現在這樣是最好的結果。

當我升上高中時，終於有了未來的夢想。

我想要成為小說家。

……我收到了電子郵件。原本以為理穗還想補充什麼，沒想到是經紀公司的經紀人傳來的。

寄件人：佐倉玲　主旨：邀請上節目　附加檔案：《人生黑白棋》

藤吉弓香小姐，工作辛苦了。

MMS的談話性節目《人生黑白棋》邀請妳上節目。該節目的製作人之前看到妳在《猜謎王挑戰賽》中的精采表現，力邀妳上節目。

詳細內容請參考附檔的邀請信。

這個節目從今年春天開始播出，每一集都討論某個社會議題，由名人針對表面的場面話，和背後的真心話展開熱烈討論，獲得不同世代觀眾的支持，收視率也屢創新高。

雖然我很希望妳一定要上那個節目，但對方說如果對主題沒有特別的感想，可以換下次不同的主題時，再邀妳上節目。

不好意思，時間有點倉促，請妳在後天中午之前回覆我。

佐倉玲

節目的主題是「毒親」——

據說有很多父母支配兒女，尤其以支配女兒的母親居多。雖然這幾年經常看到「毒親」這個字眼，但「毒親」並不是突然冒出來，而是那些受到毒親危害的兒女世代終於站出來說話了。

但是，據我所知，在公共場合談論自己被毒親支配的藝人和作家，不是他們的母親已經離開人世，就是已經失智了，所以當事人的年紀也都很大。

最需要拯救的，是未來想要實現自己夢想的年輕人，但如果只有像她們的母親，或是更年長世代的人坦承自己遭到毒親的支配，恐怕很難激發她們的勇氣。相反地，沒有意識到自己在支配女兒的母親，或許會陷入自己也曾經遭到支配的被害人意識，過度表現脆弱的自己，進一步逼迫孩子。

當然，三十多歲的我在十幾歲的孩子眼中，可能已經是和她們的母親相同世代的人，即使這樣，我仍然相信自己比目前那些發出聲音的人更有說服力。

無法自由玩樂、沒有零用錢、不讓自己讀大學、無法從事自己喜歡的職業、無法和自己喜歡的人結婚。在某個世代之前，即使是因為母親的支配造成了這些情況，也無法遭到重視，認為是「時代背景的關係」，我認為存在著這樣的世代障礙。

就好像男女僱用機會平等法，和男女共同參與社會基本準則等法律實施前和實施後一樣，這樣的世代障礙剛好出現在我的面前。

有些孩子會在聽了我的故事之後，邁出解放的第一步。去上這個節目很有意義，但是，在當紅的節目中談論這些事，就代表也會傳入那個人的耳裡。即使我不告訴她我上了那個節目，別人也早晚會告訴她。

她一定會看節目，而且她會在第一時間收看。

她曾經在電話中告訴我，去年購買藍牙錄放影機時，送貨的電器行年輕店員不知道從哪裡聽說那裡是藤吉弓香的老家，主動設定錄製節目表上有我名字的所有節目。

我的母親才是真正的「毒親」……

這比吻戲更嚴重，搞不好比全裸的床戲更嚴重，她一定會氣急敗壞地打電話給我，搞不好會衝到我家裡，可能會等在門口，用菜刀殺了我。

不，她一定會殺了我。

雖然機會難得，但這次還是婉拒為妙。雖然郵件上說，可以換其他主題再去上節目，但真的有下一次機會嗎？

我曾經因為害怕那個人的反應，所以婉拒了有床戲的兩小時電視劇拍攝工作。雖然不是女主角，卻是很有張力的角色。指名希望由我來演的製作公司製作人說，雖然很遺憾，希望下次務必有機會合作。他製作的作品中，有能幹的秘書、護理師等各種適合我的角色，但他之後再也沒找過我。

這次還是接下這個節目比較好，而且沒必要談自己的親身經驗，相反地，想要保護閨中密友受毒親危害的十幾歲時的往事，或許並不符合節目製作者的意圖，但我想要幫助的人，應該可以接收到我傳達的訊息。

節目的安排也符合《人生黑白棋》名字，同時談論白色的一面和黑色的一面。

第一集的主題是「友情」。

圍坐在白色圓桌旁的來賓分別分享了自己和認為是好朋友的人之間的感人故事。當體貼、自我犧牲和羈絆這些字眼讓現場充滿感動的淚水時，中央的圓桌翻了過來，白色變成了黑色，來賓立刻咬牙切齒，或是流著淚訴說著同一個人另外的故事，和原本以為是感人故事的真相。嫉妒、背叛和不信任。

雖然節目收到了很多投訴，認為這樣的演出太無情，即使偶爾有幾集是黑色故事轉白的情況，但白轉黑的故事收視率更高。

既然主題是「毒親」，當然需要由白轉黑的故事。

我可以在節目上說閨中密友理穗的故事。

在說白色那一面時，可以說理穗和她的母親感情好得像雙胞胎。她的母親每一餐都會準備精心製作的料理，每天午休時，我和其他同學看理穗的便當盒時，比打開自己的便當更興奮。上高中後，理穗和她母親共享衣服和首飾。

當然不是因為家境貧窮的關係。她的母親說，希望能夠為了家人永保美麗，所以身材維持得很好，皮膚也很有光澤，而且不像其他大人一樣，徹底否定年輕人喜歡的東西，反而積極穿戴在身上。如果太過度，恐怕會慘不忍睹，但理穗的母親從來不曾讓人有過這樣的感覺。

我在長大之後才知道，雖然同樣是針對年輕人設計的服飾，但那不是幾百圓、幾千圓就可以買到的便宜貨。理穗母女共同擁有針對年輕女孩設計的高品質衣服。我上大學之後，離開老家之後才知道，理穗的漂亮衣服比我的衣服價格多了好幾個零，也曾經在高級精品店的櫥窗內，看到理穗母女經常使用的皮包。

但是，理穗和母親共享服飾，並不是想要展現家裡有錢，對她們來說，母女兩人喜歡相同的服飾，才是最大的喜悅。

我只要買迷你裙，就會挨媽媽的罵；專心地看著喜歡的偶像在歌唱節目中唱歌時，媽媽就會皺起眉頭說，根本聽不懂在唱什麼，搞不懂這種無腦的歌曲到底哪裡好聽（這種程度的事應該沒關係吧）。我曾經發自內心地羨慕理穗和她的母親。

最讓我羨慕的，就是理穗的母親從來不逼她讀書。

白色故事到此結束。其他來賓應該會說自己的父母經常逼迫自己讀書，或是只要成績不好，就會挨罵之類羨慕理穗的話。

這時，就要由白轉黑。

「如果沒有媽媽，我什麼事都沒辦法做。」

這句話是理穗的口頭禪。的確，理穗每天都會帶精心製作的便當來學校，但在學校的烹飪課時，連馬鈴薯的皮都不會削；制服的襯衫都熨燙過，但全班女生一起製作球技比賽的頭巾時，水藍色的緞布在她手上變成了淡褐色。

「讀書方面，只要能夠進媽媽讀的短期大學就ＯＫ了。」

那是縣內一所女子大學，大家都在背後議論，那所學校錄取學生時不是看成績，而是視學生家庭經濟實力的貴族學校。果真如此的話，我再怎麼努力，也擠不進那所學校，當然，我也不想讀那所學校。理穗雖然笨手笨腳，但我從來不覺得她像自己說得那麼笨。

最好的證明就是，我們一起考取的高中，是縣內最好的公立升學學校。理穗在榜單前興奮地和她母親抱在一起，但理穗平時的成績就不差，根本不需要這麼激動。

上了高中後，我們的閱讀興趣都從奇幻漫畫漸漸變成為推理小說，曾經有好幾次，在我無法完全理解書中的詭計（雖然是我認為作者寫得不清不楚，一早就放棄了）時，她簡潔地向我說明，讓我佩服不已。

「理穗，妳很聰明啊。」

每當她貶低自己時，我就露出嚴肅的表情，看著滿臉笑容的她這麼說。

「媽媽說，現在是我的顛峰，媽媽以前也是這樣。當大家都開始用功讀書考大學時，我就跟不上了。但是，媽媽對我說，不必為了考大學這種事，把寶貴的青春年代耗費在不知道對未來到底有沒有幫助的讀書上，搞不好還會因此產生毫無意義的自卑感。和朋友一起建立美好的回憶，更有助於成為一個出色的大人，就像媽媽那樣。我也不一定要繼承爸爸的公司，到時候找一個出色的女婿來繼承就好。」

原來是這樣。我差一點感到佩服，但好險及時清醒。這是對即使努力，也無法成功的人說的話。理穗還沒有開始認真讀書，她的母親為什麼一開始就說這種不讓她參加競爭的話。

理穗的母親擔心理穗太聰明，考上一所好大學，就超越了她。她害怕發生這種狀況，所以持續誘導理穗，避免這種情況發生。理穗的父親在當地經營一家房屋仲介公司，平時工作很忙，每個星期只回家兩、三天而已。理穗的母親一定利用這個機會充分誘導理穗。

當我有了這種想法之後，在高二那一年的第二學期，提出要和理穗比賽期中考試的五科成績。輸的人一定要向心儀的對象表白。我雖然沒有喜歡的男生，但理穗和一個男生關係很好，雙方應該互有好感。理穗一開始就不抱希望，覺得可以作為向那個男生表白的契機，二話不說地答應了。

結果是理穗獲勝。我的國文以接近滿分的些微差距輸給她，這原本就在意料之中，只是我主動向她挑戰，沒想到數學和自然也都輸了。這不是一場低水準的競爭，理穗的數學和自然都是全班最高分。我的英文和社會科的分數勉強贏過她。

理穗的優秀是任何人都不得不承認的事實。理穗起初雖然很高興，但日子一久，看起來似乎很後悔。有一天，她對我說：

「我以後再也不和妳做這種事了。」

理穗除了不和我競爭成績，也漸漸疏遠我，也不再借書給我看。只有當我問她原因時，她才會露出和以前是好朋友時相同的笑容回答，和以前一樣啊。

一定是她母親指使的。我對此深信不疑。她覺得自己成功控制了女兒，不能讓別人來攪局，所以要求理穗遠離我。

理穗，妳不是不喜歡和別人競爭嗎？媽媽覺得妳可能和她合不來，媽媽以前和喜歡打扮、個性開朗的同學很要好，理穗，妳周圍有沒有這樣的同學？理穗的母親用這種方式，抹殺了原本有機會成為醫生、研究人員的女兒的未來。

……手機傳來收到電子郵件的鈴聲。是理穗傳來的，簡直就像是看到了我內心的想法，我有點緊張地打開了她的郵件。

寄件人：野上理穗　主旨：訃告

亥子會的各位：

在確認同學會出席情況時，得知江川瑪利亞在半年前已經去世的消息。聽說是自殺。

執行委員會在討論之後，決定要去瑪利亞的墳前送花，費用由同學會公積金支出，特此通知各位。

這是我第一次收到同學去世的消息。而且，還是自殺身亡。

江川瑪利亞的臉立刻浮現在腦海。那是她中學一年級時的樣子。她皮膚黝黑，個子瘦小，肩膀上總是沾了頭皮屑，過長的劉海遮住了她的一雙大眼睛和高挺的鼻子，那是全年級最漂亮的臉蛋，但那張臉露出憤恨的表情注視著我。

一進中學，我立刻遭到了排擠。雖然和小學時代幾個要好的同學分到了同一個班級，但因為我老實告訴她們，以後不能和她們一起開麵包店，她們就不理我了。

我原本期待她們會笑著原諒我，說這種事根本不重要，沒想到大家冷冷地瞥了我一眼，之後就不再多看我一眼。中午時間，我也假裝圖書委員有工作要忙，獨自去圖書室吃便當。

對我來說，最大的問題就是春天遠足時，要和誰一起吃便當。班上的同學很快就形成了各自的小團體，午休時間，只有我……和江川瑪利亞兩個人孤零零。我和瑪利亞讀不同的小學，雖然沒有人告訴我，但我能夠猜到大家不理她的原因。

因為她看起來很髒。雖然我家也不是有錢人，但我認定她是因為貧窮，所以才會看起來很髒。

即使這樣，我也不想在遠足時落單。我基於這樣的想法，雖然在意周圍同學的眼神，但還是主動向瑪利亞打招呼，她在長劉海下露出訝異的表情看著我，確認我並沒有噗哧一聲笑出來說：「我怎麼可能真的邀妳？」她輕輕回答說：「好啊。」然後露出了微笑。

她很漂亮。這個發現好像一股電流貫穿了全身，我納悶地巡視四周，不知道為什麼其他同學都沒有察覺這件事，甚至覺得自己剛才帶著悲慘的心情向她打招呼未免太過分了。

遠足當天，來到上小學時，曾經因為學校的活動多次造訪的市民公園，我們兩個人如約坐在公園的角落一起吃便當。那個人為我製作的便當注重營養，而不是外觀的漂亮，根本不像是中學女生的便當，更像是上班族的便當，但還是比瑪利亞的便當豐富多了。

因為她的便當只有煎蛋、香鬆飯和竹輪小黃瓜卷而已，我忍不住對她說，要用炸雞塊和她換煎蛋。

「弓香，妳真善良。」

瑪利亞說完，把一塊煎蛋放在我的便當盒蓋上。我也把一塊炸雞放在她的便當盒蓋上，然後夾起煎蛋放進嘴裡。煎蛋很好吃，我差一點「啊！」地一聲叫出來，而且裡面加了奇妙口感的東西。

「那是什麼！」

「我加了蘿蔔乾，聽說臺灣有這道料理。」

瑪利亞害羞地說道，咬了一小口炸雞塊。煎蛋中加了其他食材已經讓我感到佩服，她自己做便當這件事更令我驚訝。雖然有可能是因為喜歡下廚，自己動手做便當，但也可能不是這種情況。如果是其他同學，我會輕鬆打聽家庭成員，但我不想問瑪利亞。

遠足迅速拉近了我們之間的距離，每天午休時，我們也一起在教室裡吃便當。我們兩個人思考著加在煎蛋裡可能會好吃的食材，隔天瑪利亞就會做好煎蛋帶來學校，和我交換便當菜，分享彼此的感想。加了青海苔和醬汁的大阪燒煎蛋、海苔乳酪、番茄醬美乃滋、整條竹輪……

但是，快樂的時光並沒有持續太久，那個人擅自翻我的書包，看到了遠足時的照片。當我泡完澡時，發現級任老師為我和瑪利亞兩個人拍的照片放在客廳的桌上。

「這個同學是妳新結交的朋友嗎？」

我輕輕點了點頭。

「是不是姓江川？」

我露出「妳怎麼會知道？」的驚訝表情，等於做出了肯定的回答。

「其實媽媽不太想說這種話……但妳是知道江川的媽媽是怎樣的人，還和她交朋友嗎？她媽媽的工作，說出來都會弄髒媽媽的嘴。但是，媽媽並不會因為這樣，就連同她女兒也一併否定，只不過父母沒有好好管教的孩子，一定會有某些問題。妳可以和其他同學當朋友，也同時和江川當朋友。難得去參加遠足，媽媽猜想妳應該看到江川沒有朋友，所以主動和她當朋友，但沒必要只有妳們兩個人玩啊。還是妳覺得我們是單親家庭，和江川家一樣？如果妳有一絲這樣的念頭，就等於在侮辱媽媽。妳知道嗎？妳和江川當好朋友，大家就會覺得是兩個單親家庭的孩子走在一起，這就等於妳在到處告訴別人，把我和她媽媽那種人視為同類。媽媽從小沒有讓妳吃過任何苦，妳到底還有哪裡不滿意？告訴我啊，我到底還要為妳做什麼？」

「……對不起。」

從那個人的語氣中，我第一次知道瑪利亞也生活在單親家庭，而且她母親應該在酒家上班，但我並沒有因此討厭瑪利亞。我想告訴那個人，瑪利亞很會做菜，但是，我也知道即使告訴她這種事，也完全沒有意義。

第二天，我在瑪利亞上學之前，就低頭拜託小學時的那些好朋友，希望她們同意我加入。她們似乎已經淡忘了麵包店的事，對我說：

「我們也正在想，差不多該把妳從她身邊救回來了。」

聽到這句話，我當然無法再拜託她們也同意讓瑪利亞一起加入。

我不能再和妳一起吃便當了。當我這麼告訴瑪利亞時，她露出快哭出來的表情說：「好啊。」午休時，教室內不見她的身影，我也永遠無法得知原本我們要一起品嘗的明太子美乃滋煎蛋是什麼味道。

瑪利亞經常請假，二年級時，我和她分到不同的班級，我不知道她讀哪一所高中，也不知道她之後的情況，但總覺得把她逼上絕路的原因中，也包括了我的因素。

……頭開始劇烈疼痛。

寄件人：藤吉弓香　主旨：供花

理穗，謝謝妳通知我，瑪利亞的事太令人震驚了。

我想以私人名義供花，不知道是否方便告訴我聯絡方式？

另外……請問妳知道她自殺的原因嗎？

寄件人：野上理穗　主旨：Re: 供花

弓香，我覺得妳還是不要送花比較好。

對不起，無法告訴妳詳細情況。

不需要我的花。這代表瑪利亞生前痛恨我嗎？

為什麼我當時對那個人言聽計從？就像我背著她偷偷看漫畫一樣，我也可以瞞著她，在學校的時候，像以前一樣和瑪利亞當朋友。只要不留下兩人合影之類的證據就好。

不，正確地說，那時候的我沒有生活能力，如果她不養我，我就無法生存，所以無論任何事都不敢違抗她。大人利用孩子不可能離家的弱點壓制孩子，是最狡猾的手段，因為這根本是在誇示支配關係。

我在高二那一年第一次結交的男朋友，也很快被迫分手了。

我瞞著那個人，和男生一起去鄰町看電影，搭上能夠在晚上九點之前到家的電車，在驗票口發現那個人一臉可怕的表情站在那裡，而且不知道已經站了多久。住在那種小地方，不知道誰去向她告了密，而且還附贈了那個男生的成績不怎麼樣的個人隱私，和對女生很輕浮的假消息。很慶幸那個人沒有直接對男生開罵，但我一回到家，才剛踏進玄關一步，她就伸手甩了我一記耳光。我還來不及叫痛，她就一把眼淚，一把鼻涕地開始說教，同時不忘罵我：「下賤」、「不要臉」。到了星期一，我只能哭著對那個男生說，我們以後不要再見面了。

我不能住女同學家，不能去逛街，不能打工。除非有重要通知，否則也不能打電話。有一大堆不許我做的事，很難想出有什麼她允許我做的事。

我在找工作時，才第一次表達了自己的意見。因為那時候即使和她決裂，我也可以活下去。

鄉下的高中生只有升學時才能離家，才能離開老家。以前也有人離鄉背井，去城市工作，但目前的時代很難有這種機會。因為原本住在城市的人也很難找到正職工作，幾乎沒有公司願意特地僱用從外地來的普通人。

我升學的條件是必須修教職課程，同時要回老家參加教師錄用考試。我隱瞞了想要成為小說家的夢想，對那個人說，我想要報考東京一所有文學系的男女同校大學，但是，她表示反對。首先是東京，其次……

「不可以讀男女合校的大學，要讀有宿舍的女子大學，而且，妳早晚會回來這裡，讀男女合校的知名大學，到時候會嫁不出去。」

她認定男人只會娶比自己笨的女人。爸爸以前讀的是外地的國立大學，她雖然和我一樣，進了本地的升學學校，但只有高中畢業而已。她好像在唸咒語般一直要求我當老師，原本以為她只是希望我能夠像父親一樣，成為受到尊敬的人獨立自主，沒想到她突然提到結婚這件事，讓我有點不知所措。

如果我有哥哥或弟弟，也許她會要求他們成為教師，然後從小就要求我長大之後，嫁給一個有穩定工作（應該是公務員）的人。

雖然父親死了，但父母還是兩個人。只不過家裡只有一個孩子，於是，孩子就必須同時成為兩人份人生的投射。

但是，既然她同意我去東京讀大學，我就不能惹她生氣。我報考了幾所知名（當然有宿舍）的女子大學，順利錄取了。照理說應該從此過著解脫的生活，我也終於有了手機，但她每兩天就會打電話給我。不是傳電子郵件，而是直接打電話。

妳還好嗎？沒有亂來吧？有沒有交到好朋友？沒有和不三不四的男生混在一起吧？然後……有沒有好好讀書，為以後當老師做準備？

四年級的春天，我回老家參加教育實習時，每天都離不開頭痛藥。在教職課程中，每次接觸到真心想要成為教師的人，我就深刻體會到自己並不適合當老師，我從來沒有想過要協助別人的人生。雖然自己能夠感受學習的喜悅和成就感，但從來無法從別人的成果中得到滿足，或是分享別人的感動。

站在講臺上時，這種感覺更加強烈，但回到家後，她完全沒有發現我因為頭痛而臉色蒼白，也沒有察覺我因為試教不順利而煩惱不已，只是滔滔不絕地爸爸長、爸爸短，說著不知道到底有幾分真實、簡直就像是熱血連續劇情景般的故事。

我已經忍無可忍。

「媽媽，其實我一直想要成為小說家，我想要寫文學。」

我在說話時對她察顏觀色。我抱著一線希望，因為是她一直叫我看文學小說，也許她能夠理解。

「啊喲，是這樣啊。妳這麼一說，媽媽想起來了，好像有時候會看到有人在當國文老師的同時寫小說。」

既然她心情很好地這麼回答，我就應該閉嘴，但那時候覺得好像只有說出真心話，才能緩和劇烈的疼痛，所以我脫口回答說：

「不是，我不想當老師，我不適合當老師。我只想當小說家，從以前開始，就一直、一直這麼覺得。」

她的臉悲傷地扭曲起來。

「妳別說傻話了，媽媽這麼努力養妳到底是為什麼？我們家並沒有很多錢，但因為妳願意當老師，所以媽媽努力供妳讀大學……小說家？妳在說什麼天真話，如果妳真的從之前就一直想要當小說家，可以在學生時代就寫小說啊，不是有很多時間嗎？妳有寫過任何作品嗎？妳有去投稿嗎？曾經有過只差一步就得獎的好成績嗎？」

「雖然我很想寫，但因為住在宿舍，根本沒有獨處的時間！」

「妳的意思是在怪媽媽沒有讓妳住在公寓嗎？妳到底需要多少錢？還要努力多久才行？」

「……對不起。」

雖然我像平時一樣道了歉，這一次卻沒有如她的願。因為我聽從了她的吩咐，去參加了錄用考試，但並沒有合格，我等於否定了她所有的努力。

但是，她並沒有生氣，也沒有流淚，反而鼓勵我說，很少有人一次就通過教師錄用考試，並說她會透過朋友幫我找講師的工作，我可以安心享受剩下的學生生活後回老家。她已經開始編織新的故事。

最後，因為講師的工作沒有空缺，她為我找了在市公所觀光課當臨時職員的工作，結果在那裡被挖角成為演員，所以從某種意義上來說，我目前也算是站在她為我鋪設的人生軌道的延長線上。她當然強烈反對我搬離家裡、進入演藝圈，我差一點像以前一樣，對她說「對不起」。理穗的婚事讓我吞下了這句話，並在背後推了我一把。

並不是看到理穗聽從她母親的意見，嫁給自己不喜歡的人，覺得自己不想像她那樣。理穗和父母介紹的對象訂了婚，但最後和自己喜歡的人私奔，解除了婚約，然後才終於結了婚。

她向父母宣戰，獲得了勝利，我在內心下定決心，眼前是我擺脫支配的關鍵時刻。於是，在她演完悲傷和憤怒戲之後，我沒有像往常一樣說「對不起」，而是說了這句話：

「我不是妳的奴隸！」

她目不轉睛地看著我，好像暫時忘記了呼吸。我猜想她在腦海中一次又一次回味我說的那句話，同時思考最能夠傷害我的話，最後她終於想到了。

「不要再把自己當成悲劇女主角了，我已經受夠了。」

她說話的語氣，好像吐出了內心所有的髒東西。

但是，她的悲劇女主角遊戲一直持續至今，她為自己編織了一個新的故事——一個在遙遠的老家為女兒的成功祈禱的母親。

頭痛不已，白色和黑色在眼前閃爍。這種疼痛已經無法用藥物克制，藥物從頭到尾都只是安慰劑。

白色、黑色、白色、黑色……如果想要擺脫疼痛，就只能奮戰、奮戰、奮戰！妳應該知道方法——

寄件人：野上理穗　主旨：訃告

亥子會的各位：

藤吉弓香的母親在昨天去世了，網路上有些留言說，是因為弓香多次在電視上分享「毒親」的事，以及出版了相關書籍，她母親因此深受打擊而「自殺」，請大家千萬不要相信。

弓香的母親死於車禍。

有關葬禮事宜，目前正在向弓香的經紀公司洽詢。

得知相關細節後，亥子會將向很支持同學會活動的弓香母親致贈鮮花，屆時相關費用將由公積金支出，特此通知各位。

弓香的母親向來對弓香的活躍感到欣慰，也親自前往本地的弓香粉絲俱樂部，向各位粉絲道謝。她欣然接下町內會的幹事工作，也總是滿面笑容地參與公益活動等麻煩的工作。

很多人認為這些工作導致她疲勞過度，所以才會看錯號誌燈。

亥子會將繼承弓香母親的遺志，未來也將繼續支持藤吉弓香。

聖潔母親

祈願兒女的幸福，是一件需要被人指責的事嗎？

身為母親，從得知獲得上天恩賜的瞬間，就會關心小生命更勝於自己，有時候甚至不惜用自己的生命來保護。

只要能夠順利生下孩子就好，如果可以，希望是一個健康的孩子。

當孩子健健康康地出生之後，在定期健檢時，聽到醫生說，孩子的發育沒有問題，暗自鬆了一口氣，但看到旁邊的孩子完成了自家孩子做不到的事，比方說，很靈活地翻身，或是坐得很穩當，就會倍感不安，心生羨慕。

但是，表面上仍然故作鎮定，然後在回家的路上告訴自己，每個孩子的發育情況不一樣。回到家後，就會拿起孩子喜歡的絨毛娃娃和玩具，引導孩子做讓那自己心生羨慕的動作。

孩子兩歲、三歲後，就不光是擔心身體發育的狀況而已，和孩子單獨相處時，只要孩子說話稍有進步，就會情不自禁地露出微笑。去參加幼兒教室的免費體驗課，就會發現孩子的耳朵似乎比其他小孩更敏銳，第一次聽到的英文單字也能夠正確發音。

聽到不認識的媽媽稱讚說：「真厲害」，明知道對方只是在說客套話，仍然會嘴角上揚，覺得自己也要稱讚一下她的孩子，於是，用充滿優越感的眼神看著以自家孩子為中心的那群小孩子。

我家的孩子有才華。沉浸在這種優越感的同時，開始認真思考是否要讓孩子去上英語會話課。

我在中學和高中的英文成績不理想，但並不是因為自己的語言能力不好，而是班上大部分學生都去補習班補英文，而我家因為經濟不夠寬裕，無法讓我去上補習班。學校的老師卻以為班上的學生都補習，所以都採取蜻蜓點水式的教學方式。我從基礎的階段，就已經落後了一大截。

同樣是某一科比較優秀，英文好感覺比國文好帥氣太多了。我國文很好，下課時也總是獨自看書，大家都覺得我的個性很內向；但大家都覺得英文很好的A子很開朗、時髦，她是班上的中心人物，大家總是圍在她身邊。

在二十多歲舉行同學會時，雖然A子沒有出席，但她成為空中小姐（我知道現在都叫空服員）這件事，成為當天最熱烈討論的話題。我每次配合周圍的人說：「好厲害啊。」就覺得自己在公所的工作很無趣。

全班只有我和她是四年制大學的畢業生，所以我抬頭挺胸地走進同學會的會場，沒想到受到的對待竟然有如此大的差別。是英文。如果我小時候也能夠上補習班，現在……

女兒的情況和我完全相反，我絕對不會讓女兒產生這種悲慘的後悔。在她連日文都說不輪轉時，我就帶她去鄰町車站前的英文會話補習班上課，每當她說不想讀時，我就告訴她，即使現在辛苦一點，對未來一定會有幫助，所以要堅持下去。難道這樣的我……是毒親（這個字眼到底是什麼時候出現的？我覺得說這個字眼的人都是在趕流行，我很不願意說這兩個字）嗎？

我的女兒成為空服員，活躍在世界各地的上空，也會覺得從小就被母親支配嗎？

如果她有這種想法，我希望她可以當面把內心累積的怨恨說清楚。我也許會覺得眼前發黑，然後放聲大哭，對她破口大罵說，我都是為了妳好，也可能會質問她，那妳到底希望我怎麼做？甚至搞不好會忍不住舉手打她。女兒看到我這樣，或許會覺得我果然是毒親。

但是，即使真的發生這種事，也是我和女兒之間的問題，即使對他人造成了影響，也是家庭內部問題。只要母女兩人坐下來談就好，只要一家人坐下來好好談。

如果是我的女兒，一定會這麼做。所以，我難以理解。

我朋友的女兒，不，其實沒必要隱瞞姓名。女明星藤吉弓香為什麼要透過上電視和出書，向全日本昭告她對母親的不滿？而且是說給眾多毫無關係的局外人聽。我當然知道有人猜想是因為她的母親無法溝通，所以只能用這種方式表達。

這真的是唯一的方式嗎？弓香曾經鼓起勇氣，告訴她母親，她內心的痛苦嗎？

我是弓香的母親藤吉佳香的朋友，但我並不瞭解她所有的一切。比她年長的我一直很希望她遇到困難時，能夠來找我，只要有機會，也會這麼告訴她，但她並不是會輕易依靠別人的人。

她的丈夫英年早逝，她一個人把弓香養育長大，一定經歷了我難以想像的辛苦，但我從來沒有聽佳香訴過苦，正因為這樣，或許她和弓香之間的關係也難以向他人啟齒，但她絕對不是無法溝通的人，更不是會把自己的想法強加在別人身上的人。她是一個彬彬有禮的人。

我猜想弓香從來沒有對她母親說過真心話，卻突然把自己想像中的母女關係公諸於世。

果真如此的話，我認為這種行為很卑鄙。女明星弓香具有向全國發聲的方法，但佳香並沒有。也許有人認為，可以在網路上發表自己的看法，但一個沒沒無聞的人，寫在哪個網站上，才能吸引社會大眾瀏覽？

弓香利用對方無法反駁這件事，表現得自己才是毒親的受害人。

這個社會允許這種事發生嗎——？

我握著自己專用的小型車方向盤，沿著國道駛向鄰町。行駛在來往車輛很少、一路順暢的國道上，忍不住想起一個月前，婆婆交給我的那份稿子。

婆婆在她兒子出門上班後，把六張寫得滿滿的四百字稿紙交給了我，我猜想她半夜鑽牛角尖，寫下了這篇文章。但我到底該什麼時候看？我露出這樣的表情看著婆婆，她雖然嘴上說，等妳有空的時候再看就好，眼神卻在說，馬上就看啊。

婆婆創立了一家托兒服務所，擔任托兒服務所的所長多年。可能像平時一樣，讓我看她準備外出演講時的稿子。如果對家務事和育兒有什麼不滿，只要當面說就好，這種繞著圈子表達的方式太齷齪了。她之所以沒有像平時一樣聲明「我不是在說妳」，我以為只是她忘了說而已。

無奈之下，我在很適合洗衣服的上午溫暖陽光下，走進我們夫妻專用的西式房間內，拿著裝了熱紅茶的杯子，看了婆婆交給我的那份稿子。

這是怎麼回事？我忍不住叫了起來。

婆婆提出抗議的對象並不是我，而是女明星藤吉弓香。不，她要抗議的並不是女明星，而是逼得她的朋友罹患了憂鬱症，最後車禍身亡的那個朋友的女兒藤吉弓香。

在弓香的母親藤吉佳香發生車禍之前，婆婆每次聽到弓香在電視上發表毒親的言論，就皺著眉頭問，為什麼她能夠在別人面前說自己母親的壞話？

——雖然我不想提名字，但這個世界上，有很多更過分的父母，但她只是因為她母親叫她當老師，叫她看書，叫她要挑選結交的朋友，叫她不要和男生一起玩到很晚，就覺得受到了束縛，遭到了支配，她和電視臺到底想要幹什麼？竟然把那麼謙虛、努力養家的人貶為壞人，搞不好哪一天，我也會受到相同的對待。目前的社會就是這樣，幸好我們家沒有名人，所以事情不至於鬧得這麼大，萬一佳香想不開，去自殺怎麼辦？

雖然婆婆看著電視，但我覺得她在對我說話。婆婆知道我和弓香是同學，因為同學會的事保持聯絡。在弓香發表毒親的言論之前，在晚餐時一起看的猜謎節目結束之後，她曾經開心地對我說，妳可以發郵件恭喜她獲得亞軍。那時候，婆婆也很支持弓香。

——弓香真的很孝順，佳香的辛苦也終於有了回報。

每次聽到她這麼說，我就忍不住在心裡咒罵，是啊，是啊，真對不起，誰叫我只是死老百姓。雖然我明知道，如果我對她說，「姊姊也是很出色的空服員啊」，她一定會很高興，但我死也不會這麼說。她從來沒有稱讚我，我為什麼要說讓她順心滿意的話？

但有一次，我曾經聽到婆婆向客人炫耀。

——我家的理穗是藤吉弓香的好朋友，現在也經常互傳電子郵件。弓香應該不想回這種鄉下地方，也懶得和老同學聯絡，只有和理穗保持聯絡，大家都很信任她。雖然理穗看起來像是不可靠的大小姐，但她很能幹可靠，我家的翔也很早就發現了她的優點……

雖然她是在誇耀自己的兒子，但我還是很高興。自從弓香在電視上談論毒親之後，婆婆每次問我和弓香是否好朋友，或是確認是否仍然和她保持聯絡時，我就覺得她似乎在暗示我要提醒弓香。

所以，我明確告訴她，我和弓香已經沒有聯絡了。

弓香說她無法參加同學會，我寫了電子郵件，希望她能夠出席，之後聯絡了幾次，但不久之後，她的電話和郵件信箱都不通了。我以為她覺得我很煩，拒接我的電話，當時覺得有點生氣，我並沒有這麼想要她來參加同學會。現在回想起來，因為她揭露了毒親這件事，為了拒絕她母親的聯絡，所以改了電話和電子郵件信箱。

沒想到一個星期前，弓香突然打電話給我，說無論如何都想和我見一面。

我有點擔心弓香發現了那些從不同角度看問題的報導出處，所以推說要照顧孩子，沒時間和她見面，但弓香沒有放棄，說她會去鄰町，我開車來回一個小時，再和她聊一個小時，問我能不能夠擠出兩個小時和她見面。

但我仍然不願鬆口，她說她晚上睡不著，快要發瘋了。她說話的聲音高亢，呼吸的節奏很奇怪，聲音聽起來令人不安。即使隔著電話，也可以感受到她的歇斯底里。然後，她的叫喊聲漸漸變成無力的哭泣，最後輕輕說了一句。

——理穗，只有妳瞭解我的心情。

我從來不曾覺得弓香是我的好朋友，相反地，有一段時間，我看到她的臉，就覺得討厭。只是追溯記憶，回想起和她最要好的中學時代，就覺得她有點可憐。

她想要和我見面，似乎並不是為了責備我。

我同意和她單獨見面，她說希望安排在隱密的地方，我在鄰町老公的朋友經營的老宅民宿訂了一個房間。

弓香到底想要和我聊什麼？雖然我有點在意，但之所以請婆婆幫忙照顧女兒志乃，自己開著車去鄰町，並不是為了聽舊友說話，也許是因為腦袋裡閃過如果我拒絕見面，萬一對方日後自殺，以後會做惡夢這種不吉利的想像。

即使我知道弓香並不是這麼脆弱的人。

首先，我想寫下我和藤吉佳香的關係。

我從本地的女子大學畢業後，就進入公所上班。我在福祉課的窗口，負責幼兒園的申請工作。

如今經常在電視上聽到「待機兒童」這個字眼，也就是指那些因為公立的幼兒園招收人數不足，導致達到入園條件，卻無法入園的幼兒。但每次都把「待機兒童」視為都會區才有的問題，我對此無法苟同，因為鄉下地方也有很多無法申請到幼兒園的「待機兒童」。

首先，幼兒園的數量很少。雖然年輕母親要求增加幼兒園的招生人數，成立新幼兒園的聲音越來越大，但市政府完全不予理會。那些上了年紀的男議員認為，只要請祖父母幫忙照顧就好。雖然年輕母親同樣要求在市內建造公園，但那些議員也認為，這一帶自然景觀豐富，根本不需要公園，只要讓小孩子去爬山就好。

這些人的思考不知道停留在哪一個年代，男人根本不可能瞭解請婆婆照顧小孩時，媳婦在家裡會多麼抬不起頭。選舉的時候大聲疾呼要吸引企業來這裡設廠，卻完全沒想到會有人從其他地方移居這裡的問題。

……不好意思，我並不是要談論這些問題。我媳婦差一點又要有意見了。

即使好不容易進了幼兒園，市內的幼兒園都在五點半放學，沒有所謂的延長托育服務。我結婚、生了長女之後，立刻申請了幼兒園，所以能夠繼續工作，但不知道有幾次必須一路跑到幼兒園去接女兒放學。而且，經常因為女兒發燒被老師叫去學校。我丈夫完全不幫忙，婆婆也一直碎碎唸，最後我只好辭職回家專心帶孩子。

一旦辭職帶孩子，就有很多閒暇時間。一開始還會和附近的朋友帶著孩子，悠閒地一起去玩，但有時候會突然感到不安，繼續過這種生活沒問題嗎？覺得自己好像沒有參與社會活動。

我的朋友也都或多或少有這種想法，於是我們開始討論是否能夠開一家像托兒中心之類的設施。剛好在商店街用便宜的價格租到了一間店面，於是我就和朋友五個人一起開設了「媽媽的房間」，提供托兒服務。從早晨八點到晚上八點，可以隨時托育三個月到小學三年級為止的孩子，每小時收費五百圓，幾乎是公益性質的托兒服務。

開設托育中心的目的並不是為了賺錢，因為可以帶自己的孩子一起去上班，所以比和婆婆在同一個屋簷下輕鬆多了。

「今天我上晚班，我和孩子會在那裡吃咖哩，媽媽，妳們晚餐可以做自己喜歡的來吃。」

啊喲，我又離題了。

佳香是「媽媽的房間」的老主顧。

她在學校當事務員。「媽媽的房間」也有接送服務，當佳香打電話來說，她今天要加班，希望我們幫忙照顧女兒時，我們會在傍晚五點去幼兒園接弓香，等佳香下班後來接她。

工作人員和孩子都在晚上七點吃咖哩當作晚餐，只要小孩子還在托兒中心，就會免費提供晚餐。因為最多不會超過五個人，所以也沒必要特地向孩子收錢。

但是，佳香和其他人不一樣，她要求支付晚餐的錢。她說，能夠幫忙她照顧孩子已經夠感激了，不好意思白吃晚餐。但是，如果向佳香收錢，就必須向其他家長收錢，或是等托兒服務結束之後再吃晚餐，但這樣小孩子可能會餓壞。

當我這麼告訴佳香後，每次弓香在托兒中心吃晚餐的隔天，佳香一定會送點心或水果上門，說要請大家吃。如果拒絕，佳香可能反而不敢來托育女兒了，所以我們也就心存感激地收了下來。

佳香就是這樣的人。

弓香淚眼汪汪地說，她只是在同學家（真是無巧不成書，她的同學竟然就是我的媳婦）吃晚餐，就遭到痛罵。但這不是佳香討厭自己的女兒，而是她的個性使然。

年幼的弓香曾經說：

「媽媽煮的咖哩不好吃，蔬菜又大又硬。」

我猜想這是因為佳香太忙，沒有時間慢慢燉煮，但是，即使對小孩子說這些，她也不會明白，所以當時我回答說：

「媽媽可能想要讓妳好好嘗一嘗蔬菜的味道。」

難道當年不應該說一些莫名其妙的謊，而是要對她說實話？我當然沒有向佳香提過這件事，當她來接弓香時，我說了其他的事。

弓香很會朗讀。

因為我自己很喜歡看書，所以「媽媽的房間」有很多繪本和兒童文學。弓香在讀小學之前就會認簡單的漢字，其他小朋友都稱讚她很厲害，所以她很得意地朗讀給大家聽。而且朗讀時有模有樣。

弓香成為女明星後，周圍的人都很驚訝，覺得那麼文靜的女孩子怎麼會去當演員，只有我不覺得意外。當媽媽來接小孩子回家時，都希望知道孩子在托兒中心的情況，為了消除媽媽的擔心，我們工作人員都會告訴媽媽，小孩子在托兒中心時表現最好的一件事。所以，我把弓香朗讀的事告訴了佳香。

佳香聽到這件事時，臉上的表情不知道有多高興。向來都溫柔婉約的她那時候完全沒有謙虛，即使我沒有問，她仍然興奮地主動告訴我一些事。

她說她的丈夫去世了，她丈夫生前是高中的國文老師，在弓香出生時，她丈夫買了日本文學全集和世界文學全集作為紀念。雖然她丈夫老家也有一整套，但他特地買了整套全新的。當時他摸著弓香的頭說，就是希望弓香長大之後，能夠帶著全新的心情接觸這些故事。

即使在這件事上，弓香也說了看不起父母的話。佳香沒有碰那些書，應該是為了繼承她丈夫的遺志，更何況我認為她忙得根本沒有時間看書。

「那弓香以後可能也會當國文老師。」

我對佳香說道。

「是啊，如果能夠成真，不知道該有多好。」

佳香這麼回答，但並不是為了讓女兒繼承亡夫的職業。佳香一直為自己沒有一技之長感到遺憾，雖然她在學校當事務員，但並不是正規的職員，而是必須每年續約的臨時職員。她很希望自己有教師證，或是有護理師、美髮師的執照。

我忘了在弓香幾年級的時候，她很難得向我吐了苦水，說很希望能夠讓弓香去嘗試很多事。當時，我把手放在她的肩膀上鼓勵她說：

「妳家不是有很多書嗎？那是一座寶山啊。」

佳香當時用幾乎聽不到的聲音向我道謝，然後用指尖輕輕擦著眼角。

父母不能叫小孩子看書嗎？在我小時候，幾乎所有的大人都會說，看書可以變聰明。

父母不能向兒女建議，以後可以從事某個職業嗎？不能期望兒女繼承父母的職業嗎？從學校畢業之後，踏上社會工作是理所當然的事，難道不能要求兒女去工作嗎？

如果這是支配，這是毒親，那麼，不這麼做的父母又是什麼親？

聖母嗎？不知道聖母的兒女都是多優秀、多出色的人。

弓香在猜謎節目中接二連三地回答了難題，尤其很精通文學方面的問題。不知道她認為是因為誰的教育，讓她有能力回答這些問題？還是說，她在回答猜謎題的時候，也會想起被母親命令、支配的事，忍受著頭痛嗎？

至少我看不出來。

婆婆之所以會寫下這種抗議文，或者說是手記，是基於她內心的正義感，想要為被單方面指責為壞人、含冤而死的朋友平反莫須有的罪過。平時和她一起看一些簡單的電視劇時，也從來不曾和她有過相同的感想，但這次的事情上我和她頗有同感。

我和弓香在中學和高中時是朋友，但那時候從來沒有見過弓香的母親（我都稱她為藤吉阿姨），只有通過一次電話而已。聽弓香告訴我的情況，我想像她是一個很兇的媽媽，所以那次戰戰兢兢地打電話，但在電話中聽到一個溫柔的聲音。當我報上自己的姓名時，她還說，謝謝妳一直和弓香當好朋友。

結婚之後，我才知道，原來這個人就是弓香的母親。那天，我帶著女兒志乃，和婆婆一起去住家附近的超市買東西時，一個看起來溫柔婉約、身材消瘦的人向婆婆打招呼。我對她毫無興趣，也沒有聽她們聊天的內容，只顧著哄志乃，看到婆婆轉頭看著我，語帶興奮地說：「啊喲，真的嗎？沒想到理穗竟然是弓香的好朋友。」然後告訴我，眼前這位婦人就是弓香的母親。

之後，即使婆婆不在的時候，在街上，尤其經常在超市遇到藤吉阿姨時，她都會主動和我打招呼。而且，當她看到我和志乃後，經常先去買一些點心，然後再向我們打招呼，把點心遞給志乃。我不好意思收下，她說我婆婆以前經常照顧她，希望我能夠讓她有機會回報給志乃。然後露出溫和的笑容看著志乃，稱讚說，她真的很可愛。

「因為那個人在家，所以不想回家。」

我難以把弓香的話和眼前這個人重疊，但因為我親身感受到母女之間，有一些只有女兒才能瞭解的疙瘩，所以也無意否定弓香……

弓香在電視上抨擊她的母親時，難道完全無法想像她的母親聽到這些話，會露出怎樣的表情嗎？

婆婆知道我在寫部落格，所以對我說，想在網路上公布她的抗議文。也許除此以外，她想不到其他可以在網路上發表意見的管道。她認為只要公布在網路上，就可以向全國民眾傳達真相。這種想法固然沒錯，但我的部落格只寫一些閱讀感想，和對附近咖啡店的評論，瀏覽人數少得可憐，訴諸社會的效果幾乎等於零。

但是，輕言放棄就只能忍氣吞聲，更何況並不是完全沒有訴諸社會大眾的管道。

我想起皮夾內和集點卡放在一起的名片。

在弓香發表毒親言論之際，某週刊雜誌的記者來到這裡，表面上說要採訪藤吉阿姨，但實質上是想要蒐集八卦消息。不知道從哪裡打聽到我是弓香的朋友這件事，找上門來時，遞給我這張名片。

我應該當場就請對方離開，但對方為了避免這種情況，先是面帶微笑，滔滔不絕地聊著無聊的天氣和對城鎮的印象，不讓我有機會動怒，然後才慢慢導向正題。我從頭到尾堅稱，藤吉阿姨是好人。記者也許感到很無趣，所以突然對我投了一顆變化球。

——對了，藤吉弓香小姐曾經多次提到，她的閨中密友也被毒親支配。野上太太，該不會就是妳？

我一旦動怒，就等於承認了。雖然明知道這一點，但還是無法克制內心的情緒。

——我媽媽才不是什麼毒親！

說完，我雙手伸向瘦高個的記者胸前，把他推出了玄關，然後用力關上了門。

雖然不想看到那種傢伙的臉，但那種傢伙寫的週刊雜誌，每個星期都在報紙上刊登大篇幅的廣告，我還是忍不住看了那些誇張聳動的標題。只有這裡才能洗刷藤吉阿姨的污名。我的臉上露出溫和的笑容，寫了一封電子郵件寄到名片上的電子郵件信箱，說有東西想讓他看一下。

但婆婆寫的內容八成是誇耀目前在當空服員的女兒，不，是在自誇她培養女兒成為空服員多麼了不起，那個記者不可能有興趣，所以，我請婆婆將內容加以修改，並補充一些內容。

首先，我認為提一下妳和藤吉阿姨的關係，可以增加內容的可信度，同時，為避免抽象的陳述，如果能夠知道反駁弓香舉例說她母親是毒親的具體事例，當然是最有效的方法。

如果只是寫弓香的壞話，就變成了相互揭短。為了消除大家以為藤吉阿姨是毒親的印象，只要從母親的角度寫下身為母親保護兒女的事例，一定可以獲得相同立場者的贊同。

因為，弓香根本不瞭解「母親」的心情。

媽媽，妳可以代替藤吉阿姨，讓弓香瞭解她母親的真心，希望妳可以帶著這種心情寫，而且只有妳可以做到。

這個媳婦因為不想和父母決定的對象結婚，就用花言巧語迷惑我兒子，兩個人還打算私奔，讓我顏面盡失。婆婆一直都對我抱有這種看法，這次的事，讓我們婆媳第一次真心合作，所以我必須感謝弓香。

結了紅色果實的高大南天竹出現在前方，那是那家民宿的標誌。

「藤吉弓香的『毒親』言論是為了出名？在母親葬禮上的『現・世・報』」

「斥責深夜回家的女兒就是『毒親』？廣大母親的悲痛吶喊」

「當地民眾異口同聲地認為，藤吉太太簡直就是『聖母』」

這棟木造的老宅民宿很像是小時候造訪過的同學家，我敲了敲二樓最後一間房間的門。剛才聽老公的朋友，也就是民宿的老闆說，我的朋友已經到了，所以我等她開門。

門緩緩打開了，雖然在室內，但站在門內的弓香把編織得很鬆的針織帽壓得很低，戴了一副茶色鏡片的墨鏡。我終於知道民宿老闆為什麼會好奇地問我：「妳朋友是……？」的原因了。這種打扮一看就知道是藝人在變裝，只要不化妝，別人應該就認不出她了。她可能在化妝這件事上很堅持，所以嘴唇上還擦了明亮的粉紅色唇蜜。

「理穗，謝謝妳來見我。」

我一走進房間，弓香就抱住了我。她滿身香氣，就連我這個女人的身體深處也忍不住不寒而慄，但下一剎那，立刻感到噁心，我推著她的肩膀對她說：「先坐下吧。」讓她坐在椅子上之後，我脫下大衣，在她對面坐了下來，弓香也拿下了帽子和墨鏡。她還化了眼妝。

「要不要請他們送咖啡？」

我問。弓香默默地搖了搖頭。我很想接著問：「找我有什麼事？」但還是決定等她主動開口。幸好桌子角落有茶杯、茶壺和日本茶，我倒了兩杯茶。

我發現弓香注視著我的手，看到我把茶杯放在她面前後，抬起了頭。

「對不起，我沒能去參加同學會。」

「沒關係，不必放在心上。」

我在去年五月底邀請弓香參加同學會，六月之後，弓香漸漸開始發表毒親的言論，十月時出版了《被支配的女兒》。藤吉阿姨在十二月中旬發生車禍，同學會是在新年過後的一月三日舉行，大家在神社接受消災除厄的祈禱後參加宴會，如果弓香來了，反而傷腦筋。

「早知道我應該去……」

「啊？」

我慌忙捂住嘴，以免自己叫出聲音。

「我如果和大家一起接受消災除厄的祈禱，也許就不會像現在這樣了。」

原來是因為太歲年的關係。我差一點表示同意，但立刻提醒自己，事情才沒有這麼簡單，然後等待她的下文。

「到底是誰幹的？」

我不由得緊張起來。她在試探我嗎？果真如此的話，我絕對不能將視線從她身上移開。

「誰幹的？」

我假裝聽不懂她的意思。沒錯，在弓香眼中，我一定還是當年那個傻乎乎的小女生，我只要繼續扮演這個角色就好。

「是誰向週刊雜誌出賣我的，到底是誰說我媽是像聖母一樣的人，是我逼她自殺的？」

弓香說完，雙手用力拍著桌子。她茶杯裡的水灑了出來。我好心為她倒了茶……她就是這種人。

弓香根本什麼都不懂。

看她的表情，不要說我，她甚至沒有想到有可能是我婆婆幹的。雖然週刊雜誌上只寫了「認識藤吉太太多年的當地居民」，但只要看報導內容，應該可以猜到可能是她小時候曾經出入的那家托兒中心的工作人員。

弓香可能不記得那麼久以前的事了，或者只是透過經紀人，瞭解報導的大致內容，但本身並沒有看報導。

即使在網路上看到其他媽媽說我的壞話，我就會緊張得心跳不已。如果是我，即使知道週刊雜誌上寫了自己的事，也沒有勇氣看。但是……

弓香一副自己才是受害者的樣子。我原本以為她看了那些報導、遭到輿論的抨擊之後，會發現自己把母親逼上了絕路，深受罪惡感的折磨。

「雖然我住在這裡，但也不清楚是誰說的，但我聽很多人說，妳媽媽是好人。」

「那是因為那個人在外面很會偽裝，但是，那些人竟然說是我逼她自殺，根本是血口噴人。她在被我逼上絕路之前，一定會等在電視臺門口殺了我。」

「怎麼會……」

以前，在我看到藤吉阿姨之前，她就先買好了糖果點心等我們，但在她去世前不久，在路上遇到她時，即使我向她打招呼，她也一下子認不出我。即使好不容易認出了我，也只是擠出笑容向我打聲招呼，然後就快步離開了。

弓香想像在她發表毒親言論之後，她的母親必定怒不可遏，但是，藤吉阿姨內心的感情並非僅此而已。憤怒會轉化為動力。如果藤吉阿姨有力氣衝到東京的電視臺，不可能發生那樣的車禍。

弓香是演員，週刊雜誌在批評她時，也稱她為「演技派演員」，沒想到她竟然這麼沒有想像力。

弓香注視著我的臉。此刻，我的臉上露出了怎樣的表情？

「我最懊惱的是，我媽媽死了，最難過的當然是我這個唯一的親人，但有人竟然認為我會感到高興。光是這種想法，就已經讓我很受不了了，那些人竟然說是我逼她自殺的。警方不也證實是車禍意外嗎？」

「原來妳會感到難過。」

「當然啊，即使她是那種人，畢竟是我的母親啊。」

弓香在說「母親」兩個字的瞬間，淚水奪眶而出。因為是演員，所以馬上就可以擠出眼淚嗎？還是她真的很難過？對我來說，都無所謂。

但是，我必須告訴她一件事。

「她並不是那種人。」

「啊……」

弓香那雙被睫毛膏染成黑色的眼睛看著我。我現在才發現，弓香以前的眼睛沒這麼大，對女明星來說，整型可能是家常便飯，但如果志乃以後說要整型，我絕對會反對到底。志乃像我老公，我覺得那雙細長的眼睛很好看。藤吉阿姨之前也說，志乃和弓香小時候一模一樣。

「藤吉阿姨……妳媽媽並不是毒親。」

「妳為什麼這麼說？」

弓香露出遭到極大背叛的眼神看著我。

「因為我看過真正的毒親！」

「妳該不會想說，妳媽媽才是毒親？」

如果是結婚之前，還沒有學會忍耐的我，一定會把茶潑在弓香的臉上。

「雖然妳在電視上隨便亂說，但我媽媽並不是毒親。」

「隨便亂說……妳不是不想和妳媽媽為妳找的對象結婚，所以才私奔嗎？」

「那只是有點誇張的婚前憂鬱症而已，我爸爸在外面有女人，媽媽雖然知道，但擔心如果逼問，爸爸就會拋棄她，所以一直假裝不知道。她需要有人支持她，想要有被需要的感覺，所以那時候，如果不照顧我，她沒辦法站起來。」

「我不知道，但是，即使這樣……」

「妳別說了。我知道有些專業書為了充數，把那些假裝費心照顧兒女，但其實很依賴兒女的母親也歸類為毒親。我也很希望能夠像妳一樣去東京讀大學，但是，當我媽叫我讀可以住在家裡通學的大學，叫我不要拋棄她時，我只能放棄。因為我覺得這也是無可奈何的事。」

「這不就是淪為犧牲品嗎？」

「如果妳要這麼想，就這麼想吧，但是，那是我十八歲時的事。這裡的短期大學也有很多快樂的事。畢業之後，靠爸爸的關係進入本地一家知名的建設公司，為了和同期的女生一起在員工旅行的宴會上表演唱歌，每天都去KTV練歌，回到家時，媽媽會為我準備茶泡飯。不久之後，媽媽請親戚阿姨為我安排相親。見面之後，我發現並不是我討厭的類型，所以就開始交往，但在即將舉辦婚禮時，我突然發現，這個人很像我爸爸。」

我喝了一口茶潤喉，但是，弓香並沒有插嘴。她用冷漠的視線看著我左手無名指上的戒指，似乎覺得我在說一些無足輕重的抱怨。

如果嫁給像爸爸那樣的人，我的人生就會像媽媽一樣。一身昂貴行頭，假裝幸福的人生。這些話，我不會告訴弓香。

「剛好這個時候，我去參加了高中的同學會，抽籤決定座位後，我和坐在旁邊的男生情投意合，他就是我的老公。我們沒有同班過，也從來沒有說過話，但和他聊天很開心。他和一副道貌岸然，卻在外面養女人的爸爸屬於完全不同的類型，看起來有點傻里傻氣，但表裡如一，我欣賞這樣的他。當我對他說，我不想結婚，他就說那我們一起逃走，然後就去買了『青春十八旅遊套票』。這樣的人應該絕無僅有吧？」

「妳媽媽呢？她沒有在妳面前哭嗎？」

她完全不過問我老公的事，這代表她完全沒有興趣嗎？我老公的媽媽正是弓香要找的罪魁禍首啊。

「哭了啊……我媽媽說，太好了，終於平安回來了。如果不想結婚，可以跟媽媽說，媽媽去拒絕對方就好。只有我爸爸生氣地說什麼讓他丟了臉，還付了一筆錢賠償對方。結果，媽媽對爸爸說，她從小看到你這樣的父親，當然不可能對結婚抱有夢想。我瞭解到一件事，媽媽很支持我，所以，十八歲時的心情早就已經無所謂了。」

弓香一臉掃興。我也不知道為什麼會把這些家醜說給這種無法溝通的人聽，但是，我有話非說不可。如果我夠聰明，或許能夠用一句話概括，但我只能用這種嘮叨的方式表達。

「所以，妳在炫耀自己很幸福嗎？恭喜妳啊，有一個寬容的媽媽。在我家，只要讀高中的女兒約會一次，就會被甩耳光，所以我一直不敢交男朋友，沒想到大學畢業之後，突然一百八十度大轉變，整天要我結婚、結婚，簡直把女兒當成機器人，只要一個按鍵就可以改變指令。雖然把幸福、幸福掛在嘴上，但只是把自己的願望加諸在我身上而已。」

「那是因為……」

雖然我覺得已經過了時效，但弓香對小學生時代的事都懷恨在心，她的字典裡應該沒有這個字眼。弓香的媽媽會對她約會的事生氣，是因為我的關係。不，其實弓香才是元兇。

我記得是高中二年級的時候，弓香說要和我比賽考試的分數。當我在電視上看到她把這件事說成是我受到媽媽的支配時，我差一點喘不過氣，昏倒在地。

媽媽從來不嚴格要求我的功課，但竟然被說成是媽媽希望我和她一樣。媽媽雖然只讀了貴族學校的短期大學，但她並不笨，我上中學後，她仍然經常輔導我寫功課，現在回想起來，覺得媽媽很了不起。如果現在要我寫因數分解，我根本解不出來。

我之所以接受弓香的挑戰，是因為我發現她覺得我很笨。我們之前並沒有比過成績，她只是憑印象覺得我很笨，讓我感到很不甘心，所以我想要給她一點顏色看看，那次考試，我真的很用功。

弓香沒有猜錯，我並不討厭輸的人要向喜歡的人表白這個懲罰遊戲。因為我在班上喜歡一個男生，而且我覺得他應該也對我有好感。原本打算即使贏了比賽，我也要對弓香說，我也要一起向心儀的男生表白。

但是，落敗的弓香竟然向我喜歡的男生表白。任何男生被弓香表白，不可能不感到高興。如果我們之前就喜歡同一個男生也就罷了，但她明顯是在向我報復，還說什麼「理穗，妳也可以去向某某表白啊」，問題是我根本不喜歡某某，然後她露出不懷好意的笑容，告訴我說，她表白後，那個男生也說喜歡她。於是，我開始和她保持距離。並不是因為媽媽叫我不要理她，而是我討厭弓香，不想再和她當朋友。

我得知他們要約會，故意在那天傍晚打電話去弓香家裡，然後假裝很擔心地告訴她媽媽，對當時還沒見過的藤吉阿姨說，弓香正在和一個腦袋不聰明，只要是女生，誰都可以的輕浮男生交往。

看到我默不作聲，弓香可能覺得我在想什麼。她誇張地嘆了一口氣，似乎很後悔來這裡。

「那誰是真正的毒親？」

「我不會說出那個人的名字，但那個人用逼迫女兒賣淫的錢從早喝到晚。當女兒不知道懷了誰的孩子時，就讓女兒墮胎，非但不讓女兒讀高中，甚至不讓她好好讀中學……但是，我並不是因為有這樣的母親，覺得相較之下，妳媽媽好多了，才覺得她不是毒親。」

「妳不就是這個意思嗎？舉這種極端的例子，認為這個人才是毒親，那個人不是，到底由誰來畫那條線？如果規定不到這種程度的人，就沒資格發聲，大部分身陷痛苦的人都必須忍氣吞聲了。」

無論對弓香說什麼都沒用，她並沒有體會過真正的痛苦。只有在身為女明星的走紅程度下降，或是沒有接到好的角色，認為自己的人生不順遂時，才會怪罪自己的母親，假裝自己很痛苦，在無意識中認定所有的一切都是別人的錯。

「如果妳有時間，要不要去掃墓？」

雖然很不想理弓香，但我也搞不懂自己為什麼這麼提議。弓香皺著眉頭。

「去我媽的墳墓嗎？」

「不是。」

我不知道藤吉阿姨的墳墓在哪裡。葬禮由弓香的經紀公司一手包辦，聽說只有家屬參加，但我甚至不知道葬禮是在這裡還是東京舉行。我婆婆還抱怨，她甚至無法為藤吉阿姨上香。

「那就……」

「不，帶我去，是不是瑪利亞的墳墓？」

我原本想說「那就算了」，沒想到弓香察覺到了。但是，我想要邀她一起去，並不是為了讓她在瑪利亞的墳前說：「那次沒辦法和妳一起吃煎蛋，真對不起。」

「妳剛才說的毒親，該不會是瑪利亞的……」

弓香難過地皺起眉頭。她曾經和瑪利亞走得很近，照理說應該更早察覺。她根本沒有同情心，也完全不曾試圖瞭解，只是視之為像是電視劇中，和自己無關世界的人的故事，拒絕付出真心，如今卻露出充滿憐憫的表情。

妳腦筋沒問題吧？我吞下這句話，嘆了一口氣，默默站了起來，穿上了大衣。

我認為父母的職責，就是要避免孩子遭遇危險，把孩子引導在安全的道路上。

（五十多歲／女性／三個孩子）

即使知道兒女結交了會偷竊、會慫恿他們毒品的人，仍然不能勸他們不要結交那種朋友嗎？

（三十多歲／女性／一個孩子）

我認為只有自己身為父母之後，才能體會小孩子受到父母的保護這件事。

（四十多歲／男性）

走出民宿時，弓香再度壓低帽子，戴上了墨鏡，但位在近郊的市營墓園除了我們以外，並沒有其他人。來到墳前時，弓香拿下了墨鏡，有點意外地看著供在墳前幾乎沒有褪色的白色菊花。也許她原本以為墳墓會更加冷清。

「瑪利亞的未婚夫每個月的忌日都會來這裡。」

雖然弓香沒有問，但我還是主動告訴她。弓香聽到瑪利亞有未婚夫，眉毛動了一下，然後低頭看著腳下，似乎在思考什麼。她剛才在民宿聽了關於毒親的事，應該聯想到瑪利亞，可能沒想到瑪利亞會有為她供奉白色菊花的未婚夫。

「瑪利亞很努力，她一直很開朗，完全沒有向別人提起遭到母親這麼惡劣的對待。」

「理穗，妳怎麼會知道這些事？」

「因為從我們讀高二那一年開始，瑪利亞就在我爸爸的公司當事務員。」

我不願意深入思考爸爸為什麼願意錄用甚至沒有好好讀中學的瑪利亞，把這件事想成是他對女兒同學的同情。

「幸好……雖然我不知道瑪利亞自己是怎麼想的，但我認為是幸好。總之，幸好她媽媽跟著男人跑了，瑪利亞努力工作，可以養活自己。」

「既然妳知道，為什麼不早點告訴我？我一直很擔心瑪利亞之後的情況。」

真的是這樣嗎？

「而且，當妳通知我瑪利亞去世時，為什麼說我不送花比較好？瑪利亞該不會一直都恨我？是這樣嗎？妳無論說什麼都沒關係，請妳告訴我真相。瑪利亞是不是告訴妳，我背叛了她？」

我很後悔帶弓香來這裡。她為什麼沒有發現？為什麼不努力去發現？

「瑪利亞不是這種人！我工作之後，曾經有一次和瑪利亞聊到妳。她說妳當了演員很厲害，她說大家一定會發現妳的演技很出色，以後一定可以成為日本最出色的演員。我從來沒有聽過瑪利亞說別人的壞話，也許是因為她認為不值得在我面前說，但她甚至沒有說過她媽媽的壞話。她媽媽對她那麼惡劣……她還在寫給她未婚夫的遺書上，叫他原諒她媽媽。」

「瑪利亞為什麼自殺？」

「瑪利亞很認真工作，她那麼漂亮，所以有很多人追求她，但她都拒絕了，但是，三年前左右，有一個經常出入公司的銀行員對她展開了猛烈的追求，她終於答應交往。她也邀請我參加他們的訂婚派對，我們一起去喝酒，她的未婚夫說，瑪利亞說不想辦婚禮，拜託我說服她，最後，他們決定兩個人去夏威夷結婚……」

我從皮包裡拿出手帕擦眼淚。弓香用眼神催促我趕快說下去。她一定覺得自己的眼淚很美，別人的眼淚都很掃興。

「她媽媽回來了。」

我猜想她媽媽應該聽說女兒和銀行員訂了婚。我不願去想是誰告訴她媽媽的。

「她媽媽去向她的未婚夫要錢，她的未婚夫不但嚴詞拒絕，還要求她和瑪利亞斷絕關係。瑪利亞的媽媽惱羞成怒，在她未婚夫工作的銀行大廳大聲吼叫，說瑪利亞中學時曾經賣淫，而且因為多次墮胎，導致無法生育。」

「好過分……」

「瑪利亞曾經告訴她的未婚夫，她不能生育，但賣淫……不，她未婚夫不知道瑪利亞曾經被迫賣淫的事。我之前從大人說的話中，隱約察覺到瑪利亞的媽媽也是靠這種方式生存，但沒想到還逼迫瑪利亞也做同樣的事。我什麼都不知道，把瑪利亞當成普通的同學，我為自己感到慚愧。但是，在得知真相之後，我也沒有看不起瑪利亞，只覺得她很可憐。雖然有人自以為是地說，同情別人就是看不起別人，也是一種歧視。但是，我就是覺得她很可憐啊，有什麼辦法。只不過我只是這麼想而已，卻無法幫助她。」

「她的未婚夫呢？即使瑪利亞受了傷，只要他能夠接受瑪利亞，瑪利亞就不會自殺了，不是嗎？」

看吧，她又在說這些冠冕堂皇的話。用好像在演午間連續劇的誇張語氣，試圖把一個明顯的目標變成壞人。

「妳說這句話，代表如果妳身處相同的立場，有辦法做到嗎？妳是覺得即使妳是瑪利亞，或者是她的未婚夫，仍然有辦法站起來，才會說這句話嗎？」

「這……」

瑪利亞的未婚夫在簡樸的葬禮上把滿是淚水的臉皺成一團，費力地擠出聲音說，他告訴瑪利亞，自己完全不在意她的過去。沒有人知道事實到底如何，更何況該遭到譴責的，並不是瑪利亞的未婚夫。

必須遭到譴責的那個人，在葬禮上對瑪利亞的未婚夫說的是這句話——白包都要交給我。

瑪利亞的葬禮之後，無論是我，還是我認識的人，都沒有再見過瑪利亞的母親。即使有人脫口罵道，這種人最好去死，也不會有人認為這句話太惡毒。

「剛才在民宿時，妳質問我，是不是不屬於極端例子的人，就沒資格發聲。我的確這麼認為。受到毒親支配的人，就像是在海裡溺水的人。瑪利亞在海上被大浪吞噬，已經奄奄一息了。妳只是在淺灘拍打水面掙扎，妳可能以為自己快要溺水身亡了，但只要稍微冷靜下來，就知道自己其實可以站起來，但妳完全不去發現這件事。應該先救誰？妳在淺灘上大叫救命，別人就看不到真正快要溺水身亡的人。相反地，即使有人注意到海上，趕過來救人，看到妳在淺灘大吼大叫，覺得根本是沒事在那裡亂叫，所以生氣地掉頭走了，沒有發現海上真正快要溺斃的人。這是很大的困擾。」

弓香直視著我。她很生氣，但我並不害怕，只覺得她很可憐。

「痛快了嗎？」

弓香揚起嘴角，擠出一個像是笑容的表情。我甚至懶得回答「妳在說什麼啊？」

「妳看到我成為明星，雖然嘴上說支持我，但其實很嫉妒吧？發生了這些事，妳覺得我活該，是吧？然後還落井下石，自以為是評論家，現在一定很痛快吧？什麼溺不溺水，太可笑了。」

弓香沒有退路。即使她發現了重要的事，她的母親也無法復活了。

「妳就這麼想吧。」

「妳這是惱羞成怒嗎？」

「妳要這麼想，我也無所謂。當初我叫妳不必送花，是覺得瑪利亞的媽媽如果知道女兒的朋友是藝人，也許會去向妳勒索。如果妳不給她錢，她可能會去電視臺說一些無中生有的事。雖然我不認為妳是我的好朋友，但身為老同學，我覺得還是應該保護妳。」

「啊……」

「不過，沒關係，妳要怎麼想都隨便妳，妳想怎麼樣都可以，我不想再和妳有任何牽扯，也覺得今天浪費了時間，但也因此讓我覺得要努力做好一件事。」

弓香沒有回答。雖然看起來像在猶豫到底該道歉，還是繼續逞強，但我已經不在意了。

「我會好好教育我女兒，絕對不會讓志乃成為像妳一樣的毒女。」

當我說出志乃的名字，突然很想見她。只是想緊緊抱住她。

我在心裡對瑪利亞說，下次再來看妳，然後轉過身，一步、兩步邁開步伐。步調和腦袋中的節奏無法合拍，我的腳步越來越快，幾乎快跌倒了。雖然明知道前方是向下的階梯，卻有一種走在平地時腳被絆了一下的錯覺，結果屁股連續滑了三級階梯，蹲在地上。

好痛。隨著疼痛漸漸擴散，腹底深處有一股熱流湧現。我想要叫喊，毫無意義地叫喊。對著誰、對著誰、對著誰……

媽媽，救救我。志乃，救救我。

我已經分不清自己是母親還是女兒。

那一天，我遠遠看到藤吉弓香小姐的媽媽站在斑馬線上。不久之前，她走路時總是挺直身體，那天卻微微駝著背，低頭看著腳下。但是，她並沒有直接過馬路，而是抬起頭，前方是紅燈。然後，她轉頭看向右側，所以應該看到一輛卡車駛來，但是，她好像用盡最後的力氣般，整個人向前衝。當我感到驚訝時，已經來不及了。我擔心大家覺得我看到藤吉太太自殺卻見死不救，所以之前不敢告訴警察，但我希望可以用某種方式懺悔。

（當地居民）

我坐在駕駛座上，努力不壓到陣陣作痛的地方，然後發動了車子。是不是該送弓香去車站？我看了眼後視鏡，當然不可能看到她的身影，我把車子緩緩向前開。她只要叫計程車就好。

眼淚乾掉之後，留在臉頰上的感覺很不舒服，我右手用力握住方向盤，用左手手臂擦了兩側的臉頰。

我為什麼要哭？我並沒有任何需要流淚的痛苦。

雖然我斬釘截鐵地對弓香說，那些事都已經過去了，但也許內心深處，並沒有完全擺脫對媽媽的不滿。對弓香說的那些話，只是想要讓自己重新認識到這件事。

但是，我早已經遠離了毒親之海。

為了同學會的事，我用電子郵件聯絡了久違的弓香，她在回信中怨嘆和她母親之間的關係，和十幾歲時沒什麼兩樣。當時我覺得她很傻，但也只是一笑置之。

就好像單身的老同學會在賀年卡上寫一句「我還是形單影隻，理穗，妳努力當一個好太太、好媽媽，太了不起了。我太糟糕了，要向妳學習！」一樣，我覺得只是一句玩笑話。

原本想要直接打電話給她，告訴她，我們都喜愛的漫畫家相隔十年，又出了新作，然後再開玩笑說，如果買漫畫的話，搞不好會挨罵，然後順便向她抱怨一下整天只會誇自己兒女的婆婆。

沒想到，這時接到了媽媽的電話，得知了瑪利亞去世的消息。

我想要告訴弓香的，並不是瑪利亞有多可憐這件事，而是更簡單的、可以笑著說的話。

——即使妳覺得自己的媽媽很麻煩，但還是比婆婆好多了。如果妳不相信，妳也去嫁人就知道了。如果住在一起，最遲在一個星期以內，就會發現自己的媽媽有多好。很多人都是在結婚之後，從女兒的身分畢業成為母親。

志乃的幼兒園內，也有我不希望志乃和她一起玩的同學。光是想像小孩子結伴一起走去小學上課，就覺得很可怕。陪小孩子做功課，和她一起準備隔天的課本，一旦發現她忘了帶筆記本，就會一路衝去學校。學校有任何活動時，一定會搶第一排的座位，為她錄影。教學參觀日，一定會穿得比任何家長更漂亮。

這些都是我媽媽曾經為我做過的事，志乃也許會不喜歡，但我不會氣餒，我會堅持自己堅信的行動，相信她總有一天會體會到我的用心。

如果這算是毒親，那也無所謂，反正十年之後，這個名詞應該就會消失。

雖然我覺得即使告訴弓香這些話，也無法改變任何事……

不知道為什麼，婆婆的臉浮現在腦海中。啊，真想和她一起痛快地說弓香的壞話。想到這裡，忍不住笑了起來。頭殼壞掉了嗎？我忍不住咕噥。

頭殼壞掉了嗎？

什麼母親，什麼女兒——

沒有阻止他的你也是共犯！

反轉

是「黑湊」還是「白湊」？

反轉再反轉，不看到最後一句，你無法知道真相！

有時候，善意比惡意更恐怖！

理想國

榮獲「山本周五郎賞」！衝擊度被譽為媲美《告白》！

湊佳苗心理懸疑小說極致之作！

國家圖書館出版品預行編目資料

惡毒女兒‧聖潔母親／湊佳苗著；王蘊潔譯. --
初版. -- 臺北市：皇冠, 2017. 10
面; 公分. --(皇冠叢書；第4653種)(大賞；99)
譯自：ポイズンドーター・ホーリーマザー
ISBN 978-957-33-3337-1(平裝)

861.57　　106016347

皇冠叢書第4653種
大賞｜099

惡毒女兒‧聖潔母親

ポイズンドーター・ホーリーマザー

作　　者—湊佳苗
譯　　者—王蘊潔
發 行 人—平雲
出版發行—皇冠文化出版有限公司
臺北市敦化北路120巷50號
電話◎02-27168888
郵撥帳號◎15261516號
皇冠出版社(香港)有限公司
香港上環文咸東街50號寶恒商業中心
23樓2301-3室
電話◎2529-1778　傳真◎2527-0904
總 編 輯—龔槵甄
責任主編—許婷婷
責任編輯—蔡承歡
美術設計—王瓊瑤
著作完成日期—2016年
初版一刷日期—2017年10月

法律顧問—王惠光律師

讀者服務傳真專線◎02-27150507
電腦編號◎506099
ISBN◎978-957-33-3337-1
Printed in Taiwan
本書定價◎新臺幣320元/港幣107元